Lola Lingus

Dein Schatten auf meiner Haut

Dunkle erotische Romanze

Lola Lingus
lebt, liebt und schreibt in Österreich.
Sie hat einen Mann und einen Sohn.

Lola Lingus

Dein Schatten auf meiner Haut

Dunkle erotische Romanze

FSC
www.fsc.org
MIX
Papier aus verantwortungsvollen Quellen
Paper from responsible sources
FSC® C105338

Die Deutsche Nationalbibliothek verzeichnet diese Publikation in der Deutschen Nationalbibliografie; detaillierte bibliografische Daten sind im Internet über dnb.dnb.de abrufbar.

Herstellung und Verlag:
BoD – Books on Demand, Norderstedt

ISBN: 9-783752-620726

Foto auf dem Cover © Hay Dimitriy / Shotshop.com

Vielen Dank
liebster M. A.
für all
die Inspiration
und
liebe K. B.
für den
klingenden
Namen

Jadeaugen

„Vibrator oder Dildo?" Charlotte zupft ihre faltenfreie rosa Bluse zurecht und sieht mich erwartungsvoll an. „Lea?"

„Dildo", sage ich und rühre grinsend in meinem Swimmingpool-Cocktail.

Wie lange ist es her, dass ich hier war? Zu lange, bestimmt. In den letzten fünfzehn Jahren hat sich im Lokal nicht viel geändert. Die abgenutzten Tische sind dieselben, die Beleuchtung ist schummrig wie eh und je und der Spiegel hinter der breiten Bar immer noch von blinden Flecken übersät.

Die muffige Luft verrät, dass hier früher viel geraucht wurde. Durchzogen von dem Geruch von Bier und Fritteusenfett trägt sie meine Gedanken zurück in eine Zeit, als mein Alltag weniger geregelt war. Damals konnte sich jeder Abend hier und in den Clubs plötzlich in eine Reise ins Unbekannte verwandeln. Noch heute zaubert allein die Erinnerung daran prickelnde Aufregung in meinen Nacken.

Plötzlich bemerke ich, dass Charlotte mich immer noch ansieht.
„Na ja, einer von den großen, natürlich“, sage ich und lächle betont unschuldig. Wer mag schon einen Spielverderber? „Nicht eines von diesen mickrigen Stöckchen für die Handtasche.“
Charlotte nickt zufrieden. „Vicky?“
„Das ist ein bescheuertes Spiel.“ Vicky verdreht ihre schokoladebraunen Augen und nippt an ihrem Rotwein. „Wir sind doch keine pubertierenden Schulmädchen mehr.“
„Du vielleicht nicht.“ Charlotte streift mit manikürten Fingernägeln über ihren blonden Dutt. Natürlich sitzt er perfekt, wie immer. Charlotte sieht wahrscheinlich sogar nach dem Aufstehen so aus, als wäre sie direkt aus dem Vogue-Magazin gestiegen. „Ich habe mir meine Unschuld erhalten.“
Vicky schnaubt ein trockenes Lachen in ihr Weinglas. Unauffällig lasse ich mir meine brünette Mähne ins Gesicht fallen, damit Charlotte mich nicht grinsen sieht.
Unschuld und Charlotte sind ein sehr unwahrscheinliches Paar.

„Wenn du schon nicht mitspielen willst, dann erzähl' uns doch was von deinen Tinder-Abenteuern." Schlürfend sauge ich den letzten Rest aus meinem Cocktailglas.
„Ja, wir sind schon ganz neidisch auf die Online-Schwanzparade, die bei dir Schlange steht", flötet Charlotte.
Vicky wirft uns genervte Blicke zu.
„Vergiss nicht, ich bin mit Henrik verheiratet", sage ich. Es klingt zynischer, als mir lieb ist. Schnell setze ich eins nach. „Versteht mich nicht falsch. Er ist eine gute Partie, sehr verlässlich, fleißig und all das. Ein guter Vater ... also Mika ... kommt ganz gut mit ihm aus." Wenn sie nicht gerade wieder mal streiten. „Und am Abend, wenn er schläft, haben Henrik und ich es schon auch mal ganz romantisch." Es soll ja Leute geben, für die ist gemeinsames Weintrinken und Fernsehen der Höhepunkt ihres Liebeslebens. „Aber aufregend ist auch anders ..."
„Wenn du mich fragst, das klingt nicht so übel." Vicky sinkt in ihren Stuhl und stellt den Kragen ihrer Motorradjacke auf. „Mein Job geht mir gewaltig auf die Nerven und Tinder ist hoffnungslos überbewertet."

„Na, komm schon." Charlotte lehnt sich zurück und schwenkt ihr Martiniglas. „Erzähl' zwei gelangweilten Hausfrauen ein paar Details."

Hausfrauen.

Ich seufze.

Es ist ja nichts dagegen einzuwenden, für die Familie da zu sein, wirklich Zeit zu haben für die Aufgaben im Haushalt, und sie nicht in den atemlosen Pausen vor und nach der Arbeit erledigen zu müssen.

Aber seit das Lindwertner vor ein paar Monaten zusperren musste, fehlt mir mein Job einfach. Hinter der Rezeption zu stehen, die Gäste zu begrüßen, ihnen vom Ruhnsee zu erzählen oder von der alten Burgruine am Stadtrand.

Natürlich, es gab Tage, an denen mir das Lächeln nicht so leicht über die Lippen gekommen ist, und Gäste, die missmutig und ständig unzufrieden waren.

Trotzdem war es angenehm, nicht den ganzen Tag in den eigenen vier Wänden zu verbringen und sich finanziell etwas unabhängiger zu fühlen.

„Die Details wollt ihr gar nicht wissen, das könnt ihr mir glauben." Entrüstet schüttelt Vicky ihren dunklen Pferdeschwanz. „Der letzte Spinner wollte doch wirklich, dass ich ihm den Finger in den Hintern schiebe!“

Ich unterdrücke ein mädchenhaftes Kichern.

„Und?“ Charlotte sieht sie mit großen Augen an.

„Was *und*?“, faucht Vicky.

„Hast du es gemacht?“, übersetze ich.

„Ich hab ihn an die Luft gesetzt! Was sonst?!“

„Also“, Charlotte klimpert mit ihren dick getuschten Wimpern, „ich habe gehört, eine ordentliche Prostatamassage kann sehr erregend sein.“

Vicky zieht eine Grimasse.

„Schöne Träume!“ Ich verdrehe die Augen und pflücke meine Cocktailkirsche vom Stängel. „Ich wünschte, Henrik würde sich zumindest dafür interessieren, *mir* was in den Hintern zu stecken.“

Charlotte lacht.

Sogar Vicky muss grinsen.

„Klassisch Beim-Hintereingang-Rein ist ja schön und gut.“ Charlotte fischt mit spitzen Fingern die Olive aus ihrem Glas und beißt hinein. „Ein kleiner Rollentausch wäre aber sicher auch mal spannend. Adrian und ich, wir–“

„Iiiih! Charlotte!“ Vicky rümpft ihre Stupsnase. „Nicht im Ernst!“

„Jetzt tu doch nicht so verklemmt! Sag bloß, *du* hast noch nie einen Strap-On-Dildo verwendet?“

„Nein, hab ich nicht! Und das ist verdammt nochmal gut so!“

Charlotte kichert. „Ist ja gut. Das hab ich auch noch nicht gemacht.“

„*Noch* nicht?!“

„Man weiß ja nie.“ Charlotte zieht eine helle Braue hoch. „Das Leben ist ein Abenteuer.“

„Wenn das das Leben ist, dann ist es total eklig!“ sagt Vicky. „Außerdem finde ich das überhaupt nicht witzig!“

Ich sehe aber genau, wie ihre Mundwinkel zucken. Manchmal tut Vicky eben einfach zugeknöpfter, als sie ist.

Charlotte wirft mir einen vielsagenden Blick zu. Sie sieht es auch.

„Na komm schon, Vicky“, sagt sie. „Lass uns doch ein wenig Spaß haben.“

„Ich kann etwas Spaß dringend gebrauchen“, sage ich seufzend. „Die Jobsuche ist echt zermürbend.“

„Puh, das versteh' ich", Vicky verdreht ihre großen braunen Augen. „Das hat sich bei mir letztes Mal auch ewig hingezogen. Wie viele Absagen hast du schon gesammelt?"
„Keine. Alle Stellenangebote, die ich gefunden hab', sind *irgendwo.*" Frustriert massiere ich meine Schläfen. „Fünf Stunden Fahrzeit und mehr. In der Stadt gibt es im Moment einfach nichts."
Vicky bläst die Backen auf und wirft mir einen mitfühlenden Blick zu.
„Spar dir doch den ganzen Stress und bleib einfach zuhause." Charlotte winkt dem Kellner mit ihrem leeren Glas. „Henrik verdient genug für euch alle und–"
„Hausfrau zu sein, ist eben nicht für jeden was", sagt Vicky. „Also ich versteh' gut, dass Lea arbeiten gehen will."
Mit einem Mal habe ich das bestimmte Gefühl, dass mich jemand beobachtet. Ich lasse meinen Blick durch den Raum schweifen, über die trinkenden, schwatzenden und lachenden Grüppchen an den Tischen bis zu einem älteren Paar an der Bar, dem der Kellner gerade eine Flasche Wein serviert.

„Ich versteh' es nicht", sagt Charlotte. „Reicht doch, wenn einer von beiden seine Zeit verkaufen muss. Und ja, die Hausarbeit wissen viele nicht zu schätzen, das ist mir schon klar, aber die macht sich auch nicht von allein."
„Und warum sollten ausgerechnet wir Frauen das machen, was niemand zu schätzen weiß?", Vicky kommt gerade so richtig in Fahrt, aber ich höre nur mehr mit einem halben Ohr zu. „Also, das ist wirklich nicht persönlich gemeint, aber wünschst du dir nicht mehr vom Leben, als jeden Tag nur zu kochen, zu putzen und–"
Der Atem stockt in meiner Kehle.
In der Tür steht ein großer Mann. Die kantigen Konturen seines Gesichts betonen das breite Kinn, und Strähnen seines dunklen Haars fallen ihm in die Stirn, ein stechender Kontrast zu seinem auffallend blassen Teint. An den Schläfen sind sie so kurz abrasiert, dass die Kopfhaut durchschimmert. Er trägt Jeans mit einem Ledergürtel und der Stoff seines schwarzen T-Shirts spannt sich über seinem muskulösen Oberkörper.
Als seine Augen meine treffen, lassen sie sie nicht mehr los. Sie sind grün wie helle Jade.

Ich höre nichts mehr, nur das Rauschen des Blutes in meinen Ohren, spüre nichts mehr, nur das Hämmern meines Herzens.
Es kann nicht sein.
Er kann es nicht sein. Darf es nicht sein.
Ich fahre hoch, schiebe meinen Stuhl hastig zur Seite und werfe ihn dabei fast um.
„Bin gleich wieder da", murmle ich und flüchte in Richtung Toilette, ohne mich umzusehen.
„Nein, nein, nein, nein, nein", flüstere ich mir selbst zu. Ein verzweifeltes Mantra unter meinem viel zu schnellen Atem.
Auf der Damentoilette weiß ich nicht so recht, wie ich es überhaupt bis hierher geschafft habe. Mir wird schwindlig.
Ich stütze mich aufs Waschbecken, schüttle den Kopf und sehe in den Spiegel. Das Gesicht darin, eingerahmt von langem brünetten Haar, ist weiß wie Kalk, die graublauen Augen geweitet, die Pupillen panisch groß.
Was habe ich überhaupt gesehen? Wen habe ich gesehen?
Einen Mann mit dunklen Haaren und grünen Augen. Waren sie überhaupt grün? Oder haben sie im schummrigen Licht nur so ausgesehen?

„Nein“, sage ich mir, diesmal etwas lauter. „Er war es nicht. Er kann es nicht–“

Die Tür schwingt auf und fällt kurz darauf klackernd ins Schloss. Schuhsohlen klicken auf dem Fliesenboden.

Ich wage nicht, mich umzudrehen, wage nicht, hinzusehen. Bestimmt ist es nur jemand, der auch aufs Klo gehen will, bestimmt–

„Hallo, Lea.“

Ich fahre herum. Er steht so nah vor mir, dass ich in der Drehung seine Brust streife.

Er lächelt nicht.

Er sieht mich einfach an.

Das Neonlicht wirft Schatten in seinem markant geschnittenen Gesicht.

Sein Geruch steigt in meine Nase, und gleichzeitig kriecht seine Wärme unter meine Haut, bis in meine Knochen, bringt sie zum Schmelzen.

„Vlad“, hauche ich, außerstande mehr zu sagen, außerstande einen klaren Gedanken zu fassen.

Seine Augen bohren sich in meine.

Er verschlingt mich mit seinem Blick und trotzdem liegt nichts Anzügliches darin. Nur rohe Ehrlichkeit.

Ich will fragen, wie er rausgekommen ist und wann. Seine Zeit war nicht um, noch lange nicht. Aber ich kann nichts sagen. Wenn ich den Mund öffne, wird er mich küssen, wenn–

Langsam hebt er die Hand, streicht mit der Rückseite seiner Finger mein Kinn entlang und hinterlässt Gänsehaut auf meinem gesamten Körper.

Die Berührung weckt Erinnerungen. Wie heißkalte Nadeln fahren sie durch meine Nervenbahnen, machen meine Knie weich und bringen meine Lippen zum Zittern. Seine Finger wandern weiter, unter mein Haar, in meinen Nacken, graben sich in meine Haut und ziehen mich näher bis sein Atem meine Wange streift und–

„Was machen *Sie* denn hier?"

Die ältere Dame, die ich vorhin an der Bar gesehen habe, steht in der Tür, säuerliche Falten um die zusammengekniffenen Augen, um die schmale Linie ihres Mundes.

Ihr Blick wandert an Vlad hinauf und ihre Augenschlitze werden immer schmäler. „Das ist die Damentoilette, kein Hotelzimmer!"

„Die Damentoilette, ja?" Vlad zuckt mit den breiten Schultern und der Hauch eines Grinsens huscht über sein sauber rasiertes Gesicht. „Da hab ich mich wohl in der Tür geirrt."

„Das haben Sie wohl!"

Langsam, sehr langsam lässt Vlad seine Hand aus meinem Nacken und über meinen Arm bis zu meinen Fingerspitzen gleiten.

Heiß schießt das Blut in meine Wangen. Ich weiche seinem Blick aus und sehe stattdessen auf meine Schuhspitzen.

Vlad macht einen Schritt auf die Tür zu, und die Dame trippelt schnell in eine der Kabinen.

„Diese Leute von heute", keift sie. Dann knallt sie die Kabinentür zu und murmelt: „Überhaupt kein Schamgefühl."

Ich hole tief Luft.

„Vlad, ich kann nicht–" Doch als ich aufsehe, ist er weg.

Dunkle Geheimnisse

„Hallo!“ Ich ziehe die Haustür hinter mir zu und sperre ab. „Hallo? Mika? Henrik?“

„–glaubst doch nicht wirklich, dass so etwas in Ordnung ist?“, schallt Henriks Stimme aus dem ersten Stock. „Erwachsene werden für so etwas eingesperrt!“

„Was hätt‘ ich denn machen sollen?“, schreit Mika, heiser vom Stimmbruch, der trotz seiner zarten zwölf Jahre schon voll zugeschlagen hat. „Patrick hat angefangen!“

„In der Mail deiner Lehrerin hat das ganz anders geklungen.“

„Die kriegt auch nie was mit! Patrick ist ständig zu allen gemein und keiner wehrt sich gegen ihn.“

„Wenn deine Lehrerin diese Sachen nicht sieht, musst du ihr eben davon erzählen!“

„Ihn verpetzen? Ich bin doch keine Ratte!“

„Woher zum Teufel hast du diese Ausdrücke? Von mir ganz bestimmt nicht!“

„Patrick ist einfach ein Idiot. Der versteht doch nichts anderes, als eins aufs Maul!“

„Wirst du *das* seinen Eltern sagen, wenn du dich nach den Ferien bei ihm entschuldigst?“

„*Entschuldigen*?! Ganz sicher nicht!“

Schritte trommeln übers Parkett, die Kinderzimmertür knallt.

Henrik kommt mit hochrotem Kopf die Treppe heruntergestürmt. Sein dunkelblondes Haar trägt er wie immer nach hinten gegelt. Schweißflecken stehen unter seinen Hemdsärmeln.

„Der Junge ist komplett übergeschnappt!“ Henrik hält sein Smartphone hoch und deutet anklagend auf den Bildschirm. „Hast du die Mail gelesen?“

„Ähm ... ja, sicher“, sage ich, während meine Gedanken schon wieder davonwandern.

Seit meinem überstürzten Aufbruch haben sie die Damentoilette kaum verlassen.

Ich schlucke, versuche vergeblich, das schlechte Gewissen meine Kehle hinunterzupressen, und atme tief durch.

Es gibt keinen Grund, die Nerven zu verlieren. Alles ist gut.

Es ist nichts passiert und es wird nichts passieren.
Allein die Idee ist verrückt.
Warum sollte ich alles wegwerfen für einen Anflug von Gefühlen? Das Leben, das ich für mich aufgebaut habe. Für Mika?
Nein. Es ist nichts passiert.
Und es gibt nichts zu beichten.
Gar nichts.
„Ich hab' schon zu Mittag mit Mika darüber geredet. Die Sache ist nicht so einfach. Dieser Patrick hat seinen Freund verprügelt. Schon mehrmals. Heute wollte er ihm einen Stein über den Kopf schlagen. Noch dazu von hinten, stell dir das einmal vor! Wenn Mika ihn nicht weggestoßen hätte–"
„*Weggestoßen*? Dieser Patrick sieht aus, als wäre er unter ein Auto geraten." Henrik hält mir sein Telefon unter die Nase. Das Gesicht auf dem Foto ist ziemlich geschwollen. Ein Veilchen und eine dicke Lippe. „Das haben mir seine Eltern geschickt. In zwei Jahren landet Mika für so etwas vor Gericht. Und wer darf ihn dann verteidigen? Ich, oder wie? Das wird kein leichter Fall, das sag' ich dir gleich."

„Ich versteh' schon, was du denkst, aber so war es nicht. Mika hat mir erzählt, Patrick hat wild um sich geschlagen. Mika musste sich wehren, sonst hätte er selbst den Stein an den Kopf gekriegt." Ich sehe mir das Foto an. Das grelle Badezimmerlicht, in dem es aufgenommen wurde, setzt die Blessuren besonders dramatisch in Szene. „Und außerdem glaub' ich, das wirkt auf dem Bild auch schlimmer, als es ist. Also ... wenn man überfahren wird, sieht das ganz bestimmt anders aus."

„Ach ja?" Aufgebracht reißt Henrik die Augen auf. „Dann lass mich diese kleine Geschichte mal zusammenfassen: Patrick attackiert Mika mit einem Stein. Mika wird nicht einmal getroffen und schafft es trotzdem, Patrick mehrmals mit der Faust ins Gesicht zu schlagen." Ungläubig zieht Henrik die Brauen hoch. „Und das glaubst du ihm einfach so? Wirklich?"

„Er hat nicht Mika attackiert, sondern seinen Freund. Und ja, ich glaub' es ihm. Aufs Wort." Der unangenehme Druck in meiner Kehle weicht langsam aber sicher der Wut in meinem Bauch. „Mika ist nicht immer der Bravste, das mag schon sein, aber er ist kein Lügner.

Und hast du denn gar nicht mitbekommen, was für ein halbstarker Idiot dieser Patrick ist? Der macht sich einen Spaß daraus, die anderen Schüler zu quälen. Einem Jungen hat er mal die Hose geklaut und dann hat er doch wirklich ein Foto von seinem nackten Hintern auf Facebook gestellt und–"

„Aber deswegen kann Mika ihn doch nicht einfach grün und blau schlagen!" Fassungslos schüttelt Henrik den Kopf. „Muss ich *dir* das jetzt wirklich auch noch erklären?"

„Es war eindeutig Notwehr." Schulterzuckend gebe ich Henrik sein Telefon zurück. „Ich hab' dir doch erzählt, Patrick hat–"

„Erklär' *mir* nicht, was Notwehr ist! Mika hat nicht *einen* Kratzer abbekommen! Hast du schon mal was von Verhältnismäßigkeit gehört?"

„Aber–"

„Der Junge hat einfach keinen moralischen Kompass! Und wen wundert's? Ständig schleppst du ihn zu diesem ... diesem *Tier*!"

„Weihnachten und Geburtstage? Das ist doch kaum ständig! Und Mika *wollte* ihn besuchen!"

„Außerdem braucht der Junge dringend Geschwister. Ich sag' es doch immer wieder, und wenn du nicht so egoistisch und stur wärst–"

„Mal angenommen", ich lache trocken, „nur angenommen, ich wollte wieder schwanger werden ... du weißt schon noch, *wie* man Kinder macht, oder?"

„Auf das Niveau lass' ich mich nicht herunter, Lea!"

„Ja", murmle ich. „Leider nicht."

„Und eins sag' ich dir: *Ich* stehe sicher nicht untätig daneben, während *dein* Sohn zu einem Kriminellen heranwächst!" Henrik schnappt sich seinen Geldbeutel und reißt die Tür auf.

„Wohin gehst du?"

„Aus!" Er knallt die Tür hinter sich zu.

Seufzend lege ich meine Handtasche auf die Kommode und ziehe meine Schuhe aus.

Was für ein Abend!

Kopfschüttelnd greife ich nach meinem Telefon und schalte es aus. Wenn Henrik in ein oder zwei Stunden draufkommt, dass es ihm leidtut, hat er eben Pech gehabt. Für heute möchte ich von allen einfach nur in Ruhe gelassen werden.

Im ersten Stock geht die Kinderzimmertür auf.

„Ist er weg?“ Mikas dunkler Haarschopf taucht über dem Stiegengeländer auf.
„Ja.“
Er läuft die Treppe herunter und sieht mich mit seinen großen grünen Augen an. „Es tut mir leid, Mama. Ich wollte nicht, dass ihr wegen mir streitet.“ Farbe kriecht in seine Wangen und ich sehe, dass er es ernst meint. „Ich wollte Patrick auch nicht so fest hauen. Ich war einfach echt wütend, und er hat mit dem Stein nach mir geschlagen, und da ist es irgendwie ... passiert.“
„Solche Sachen sollten nicht *passieren*. Du musst *entscheiden,* was du tust und was nicht. Du bist ein kluger Junge, das weiß ich.“ Seufzend reibe ich mir die Stirn. „Auch wenn Patrick es verdient hat, selbst mal zu spüren, wie es ist, verprügelt zu werden ... jemanden zu schlagen, ist keine Art, Probleme zu lösen.“
„Ich weiß.“ Schuldbewusst fixiert Mika seine Zehenspitzen.
„Die Kontrolle zu verlieren, ist keine gute Sache. Damit kann man sich das Leben ruinieren.“
Wieder wandern meine Gedanken davon, aber diesmal nicht in die Damentoilette, sondern in die ferne dunkle Vergangenheit.

Zu einer tiefroten Pfütze Blut auf beigen Küchenfliesen. Ich atme tief durch. Mika ist anders. Ich weiß es.
„Ich verstehe, dass du deinen Freund nicht im Stich lassen wolltest. Und dass es echt schwierig ist, mit Patrick in Ruhe zu reden, das kann ich mir schon vorstellen. Ich werde mit deiner Lehrerin darüber sprechen. Vielleicht schaffen wir es ja, zusammen mit Patrick und seinen Eltern eine Lösung zu finden." Ich mustere Mika und kämme mit den Fingern durch sein eigenwilliges Haar. „Ich befürchte aber, dass du dich bei ihm wirst entschuldigen müssen. Da führt kein Weg dran vorbei."
Mika sieht mich an, Trotz in den grünen Augen. „Im Ernst?"
Ich nicke.
Mika stöhnt auf. „Na gut, dann mach' ich's eben."
„Gut." Ich gebe ihm ein Küsschen auf Stirn und drücke sanft seine Schulter. „Das ist gut."
„Schauen wir noch einen Film?", fragt er, schon wieder ein hoffnungsvolles Leuchten im Blick.

„Klar." Keine schlechte Idee. Etwas, das uns alle auf andere Gedanken bringt. „Immerhin sind Ferien." Ich lächle breit. „Popcorn?"

„Ja!"

Drei Stunden später öffne ich leise seine Zimmertür und beobachte ihn ein wenig beim Schlafen.

Mein tapferer Mika. Er ist ein süßer Junge, aber so impulsiv.

Henrik versteht es nicht. Wie auch? Er selbst ist so anders.

Ich mache alle Fenster auf, gehe in die Küche hinunter und genieße die laue Sommerluft auf meiner Haut, während ich aufräume.

Wo Henrik jetzt wohl ist?

Als ich auf leisen Sohlen wieder die Treppe hoch und ins Schlafzimmer gehe, ist er immer noch nicht zurück.

Das Schlimmste daran ist, ich bin froh darüber. Streiten ist für uns schon wie Atmen geworden, und ich ertappe mich fast jeden Tag dabei, wie ich hoffe, dass er wieder mal Überstunden macht oder, noch besser, eine Dienstreise. Wohl kein besonders gutes Zeichen.

Charlotte hat mit Adrian so eine Paartherapie gemacht. Vielleicht keine üble Sache. Ob Henrik wohl–

Eine große Hand legt sich fest über meinen Mund. Sie erstickt meinen Schrei, während ein starker Arm meine Hüfte packt und meinen Rücken gegen einen muskelbepackten, warmen Körper presst.

Die Panik sticht wie Nadeln in meinem Nacken, vermischt sich mit dem heißen Atem, der Wellen aus Gänsehaut über meinen Körper jagt.

„Hallo Lea", raunt Vlad in mein Ohr.

Ich fühle seine Lippen an meinem Hals, höre und spüre, wie er meinen Geruch durch seine Nasenlöcher saugt.

Seine Erektion drückt hart in meinen Rücken, knapp über meinem Hintern, während seine Hitze unter meine Haut sickert und mein Innerstes zum Schmelzen bringt.

„Die Balkontür war offen." Er sagt es so ruhig, als hätte er ein Recht hier zu sein. Direkt neben meinem Ehebett.

Langsam dreht er mich um und löst die Hand von meinem Mund.

Ich schnappe nach Luft, während er seinen Blick an mir hinunterwandern lässt.

„Vlad." Ich strecke meinen Arm nach hinten, taste mit den Fingern nach einem Ausweg, doch da ist nur die Wand. „Wenn er dich sieht–"

„Wer?"

„Mein ... mein Mann."

Die Kiefermuskeln arbeiten in seinen Schläfen. Seine Wut ist eine elektrische Ladung im Raum. Ich will weiterreden, will die geladene Stille in Wörtern ersticken. Es wird alles nur schlimmer machen, das weiß ich. Kurz beiße ich auf meine Zunge ... aber manche Dinge ändern sich nie.

„Ich wusste nicht, wann du rauskommst. Ob du rauskommst. Ich war allein. Allein mit ... allem. Ich wollte dir davon erzählen. Ich–"

Vlad schließt die Hand um meine Kehle. „Sch, sch, sch."

Er drückt nicht zu, aber allein die raue Berührung an der verletzlichen Stelle lockt ein Keuchen aus meinem Mund, saugt die Kraft aus meinen Gliedern.

„Wenn er heimkommt und–"

Seine Finger graben sich in meine weiche Haut, dann erst lassen sie einer nach dem anderen los.

Sein Daumen fährt über meine Lippen, bringt sie zum Beben.

„Er kommt nicht heim." Er sagt es mit solcher Sicherheit, dass Übelkeit an meinem Gaumen kitzelt. Ich schiebe mich zur Seite, will weg von ihm und der Wand.

Sofort schließt er die Hand um mein Kinn und drückt mich dagegen. Mein Atem kommt zu schnell, zu flach, und mein Herz flattert in meiner Brust wie ein Vogel im Käfig. „Mein Sohn–"

„*Unser* Sohn."

„Er schläft." Sanft löse ich seine Finger von meinen Wangen und sie rutschen meinen Hals entlang. Ich höre das Klimpern seiner Gürtelschnalle, als er sie öffnet.

„Lass ihn schlafen."

Es ist kein Platz mehr zwischen ihm und mir und der kühlen Mauer. Sein Körper so warm und vertraut, so stark und schwer und viel zu nah.

„Bitte, Vlad ..." Ich hauche es, statt es einfach zu sagen, und könnte mich ohrfeigen dafür. „Ich kann nicht–"

„Kannst du nicht?“ Er legt den Kopf schief. „Oder willst du nicht?“ Seine blassgrünen Augen mustern mich, offen und erwartungsvoll. „Sag mir, dass ich gehen soll.“

„Vlad.“

Seine Hand wandert seitlich die Rundung meiner Brust entlang, über meine Taille, meine Hüfte. „Sag mir, du willst mich nie wiedersehen.“

„Ich will ...“

Seine Hand schlüpft unter den Spitzensaum meines Nachthemds.

„Sag es.“ Er schiebt mein Höschen zur Seite.

„Ich will ...“

„Ja?“

Seine Finger tauchen in meine Nässe. Dann packt er das Höschen und reißt es weg.

„Was willst du, Lea?“ Sanft schiebt er seine Härte zwischen meine Schenkel. „Was, hm?“

Ich stöhne.

Manche Dinge ändern sich nie.

„Ich will“, ich öffne meine Beine, öffne mich, „dich.“

Tiefe Abgründe

Die ersten Sonnenstrahlen malen einen hellen Streifen auf den Horizont, als ich das Schlafzimmerfenster öffne.

Dass Henrik immer noch nicht gekommen ist, bereitet mir nicht viel Sorge. Wenn wir streiten, bleibt er öfters mit seinen Freunden und Kollegen aus bis in die frühen Morgenstunden. Was mir wesentlich mehr Sorge bereitet, ist, dass er vielleicht bald zum Frühstück vorbeikommt.

Wie konnte ich ihm das nur antun?

Ja, wir haben unsere Probleme, aber so etwas hat er einfach nicht verdient.

Unruhig kaue ich auf meiner Lippe. Ich will mich umdrehen, doch da steht Vlad schon dicht hinter mir.

Seine Hände wandern langsam über meine Hüften hoch und quer über meinen Bauch, bis seine Arme meine Taille umschlingen. Er presst mich fest an sich und vergräbt den Kopf in der Grube meines Halses, in meinem Haar, saugt

meinen Geruch ein. Obwohl sein Atem so warm ist, macht er mir Gänsehaut.
„Warte“, flüstere ich. „Warte, ich–“
Ich spüre seine Erektion an meinem Rücken, fühle, wie die Adern daran hervortreten, spüre seinen Hoden, der straff gegen meine Pofalte drückt.
Es ist falsch. So falsch.
Ich will noch etwas sagen, will sagen, dass es jetzt enden muss. Dass ich verheiratet bin. Dass ich Henrik das nicht antun will, nicht antun darf. Doch stattdessen kommt nur ein zartes Stöhnen über meine Lippen, als Vlads Hände meine Brüste kneten.
Wenn sein Körper meinen berührt, geschieht etwas mit mir. Ich kann es nicht beschreiben, kann es nicht erklären. Ich verliere mich in ihm und finde mich wieder, löse mich auf und setze mich neu zusammen.
Sein starker Unterarm legt sich über meine Brustwarzen, hält mich fest, während seine andere Hand langsam über meinen Nabel und meinen Venushügel abwärts wandert.
Seine Finger gleiten beinahe schmerzhaft fest über meine Perle, zwischen meine Lippen.

Aber sie verschwinden gleich wieder und hinterlassen ein pulsierendes Ziehen zwischen meinen Beinen.

Er dreht mich herum, umfasst meine Hüfte und hebt mich aufs Fensterbrett.

Sofort kralle ich die Fingernägel in seinen Rücken.

„Lass mich runter!“ Ich versuche abzusteigen, aber seine Hände sind wie Schraubzwingen.

„Vertrau mir.“

„Das Fenster ist offen“, zische ich.

„Vertrau mir.“ Seine Stimme vibriert durch meinen Körper. Seine Lippen kitzeln an meinem Ohr. Seine Arme umschlingen mich. „Ich halte dich.“

Es würde mir gefallen, wären da nicht der tiefe Abgrund direkt hinter mir und womöglich, mir wird ganz übel bei dem Gedanken, die Augen neugieriger Nachbarn auf der anderen Straßenseite.

„Lass mich sofo–“

Sein Kuss verschließt meinen Mund. Seine Zunge windet sich heiß und feucht um meine, ich spüre seinen Atem in meiner Kehle, die

Spitze seiner Eichel zwischen meinen geschwollenen Lippen.

Er taucht in mich ein, antwortet endlich auf das schmerzende Pochen, das in mir wächst, mich zu zerreißen droht. Schauer tanzen durch meinen Körper.

Wieder bohre ich meine Fingernägel in seinen Rücken, nur diesmal nicht mehr aus Angst.

Ich umschließe ihn mit meinen Beinen, lasse mich von seinen Händen führen, biege mich durch und werfe den Kopf zurück.

Plötzlich ist mir egal, wie tief es hinuntergeht. Ich bin schon mitten im Fall.

Mein Höhepunkt pulsiert von meiner Perle bis hinauf in meinen Nacken und reißt Vlad mit sich.

Als wir wieder zu Atem kommen, trägt er mich aufs Bett. Erschöpft halten wir uns in den Armen. Seine Haut auf meiner ... wo sie hingehört.

Ich könnte weinen vor lauter Glück. Und vor lauter Verzweiflung.

Wie kann ich nur hier sein? In den Armen eines anderen Mannes? Noch dazu mitten in meinem Ehebett?

Wie kann sich etwas so Falsches nur so richtig anfühlen?
Fast ist es, als hätte sein Körper auf meinem eine unsichtbare Spur hinterlassen vor all den Jahren. Einen Umriss in Kälte, dort, wo früher so viel Hitze war. Kälte, die nur er vertreiben kann.
Sein Schatten auf meiner Haut.
„Du musst gehen“, sage ich, obwohl es mir schwerfällt. „Henrik–“
„Red‘ nicht mehr über ihn“, sagt Vlad.
„Er ist mein Mann.“
„Er ist ein Wurm.“
„Du hast jeden Grund, ihn zu hassen, das verstehe ich ja, aber ...“ Hilflos suche ich nach den richtigen Worten, und gebe auf. „Er war da für Mika und mich, als ...“ Ich beiße mir auf die Lippe, muss daran denken, wie schwer es mir damals gefallen ist, mich auf etwas Neues einzulassen.
Ich hatte mir geschworen, auf Vlad zu warten, aber dann war ich so allein. Jahrelang allein. Mit Mika. Und mit allem anderen auch. Ich habe es einfach nicht geschafft.
Ich will es ihm sagen, und bringe es nicht übers Herz.

Vlads blassgrüne Augen durchsuchen mein Gesicht, und in ihnen sehe ich, dass er mich versteht.
Nach einer Weile löst er sich aus meiner Umarmung und steht auf. Er holt eine Sporttasche unter dem Armsessel hervor und zieht ein Kuvert heraus.
„Ich hatte gehofft, ich muss dir das nicht geben."
Er hält es mir hin.
Zögernd greife ich danach.
„Es wird dir nicht gefallen", sagt er.
Schwer liegt der Papierumschlag in meiner Hand. Als ich die Lasche öffne, rutscht der Inhalt aufs Bett.
Fotos von Henrik, mit einer anderen Frau ... nein, mit anderen *Frauen*.
Arm in Arm auf der Straße, händchenhaltend in Cafés, Bars, Restaurants, in Foyers von Hotels, eng tanzend und küssend in irgendeinem Club. Eine von ihnen kommt mir vage bekannt vor. Die Sekretärin vielleicht?
Ich warte auf einen Stich in meiner Brust, auf flaue Übelkeit in meiner Magengrube, eisige Fassungslosigkeit in meinem Nacken. Aber nichts davon kommt.

Eins nach dem anderen sehe ich mir die Bilder an, und fühle doch nicht mehr als einen leichten Unmut. Als hätte jemand meine Kaffeemaschine ausgeliehen, ohne mich zu fragen.
Was für ein Monster bin ich geworden? Wie gefühllos und kalt?
Als ich fertig bin, blase ich die Backen auf.
„So viel zur Treue in der Ehe“, sage ich trocken. Ich werfe Vlad einen vielsagenden Blick zu und stecke die Bilder mit ruhigen Fingern zurück ins Kuvert.
Ein Teil von mir ist stolz auf die Fassung, mit der ich die Neuigkeit trage, ein anderer entsetzt über meine Indifferenz.
Vlad zieht beide dunklen Brauen hoch. „Du hast es gewusst.“
„Nein.“ Ich zucke mit den Schultern, dann schüttle ich den Kopf, immer noch verstört darüber, wie wenig mich die ganze Sache berührt. Ich sollte wütend sein oder traurig, wahrscheinlich beides. „Du bist ihm gefolgt.“
„Nein.“ Vlad setzt sich wieder neben mich aufs Bett. „Ich hatte noch bei jemandem einen Gefallen gut. Und ich wollte sehen, ob der Kerl,

den du geheiratet hast, sein Glück zu schätzen weiß."
„Woher hast du gewusst ... ich meine ..." Verlegen weiche ich seinem Blick aus. „Ich habe dir nie von Henrik erzählt."
„Ein Arschloch war ich schon zu oft, aber ein Idiot bin ich noch nie gewesen."
Ich schnaube ein etwas verzweifeltes Lachen durch die Nase.
„Eine Frau wie du", anerkennend gleitet sein Blick über meinen nackten Körper, „bleibt nicht lange allein."
„Ich bin eben auch kein Idiot", sage ich und denke gleichzeitig: *Oder vielleicht doch?*
Henrik war offensichtlich keine gute Wahl. Und das nicht nur wegen seiner Untreue. Was mir viel mehr Sorgen macht, ist, dass sein Verhalten mich so wenig berührt.
Habe ich es insgeheim vielleicht doch gewusst? Vermutet zumindest? Und wäre es mir gestern um diese Zeit auch egal gewesen? Ist es einfach, weil ich ihm jetzt auch untreu war? Weil die Rechnung beglichen ist? Oder weil Henrik mir und dem Kind, das nicht seines ist, ein gutes

Leben ermöglicht? Bin ich einfach ein gefühlskaltes Biest? Oder–

„Du liebst ihn nicht." Vlad sieht mich an, Entschlossenheit im Blick und darunter ... ein Hoffnungsschimmer, der mein ungerührtes Herz erwärmt.

„Nein." Ich schüttle den Kopf. „Wohl nicht."

Ich liebe dich, will ich sagen und kann es nicht. Plötzlich schießen mir die Tränen in die Augen. Nicht wegen Henrik. Nicht wegen der Frauen. Wegen Mika.

Wie kann ich mich für Vlad entscheiden? Ihm meine Liebe gestehen?

Ja, er ist Mikas Vater, aber was für ein Leben können er und ich ihm bieten?

Selbst, wenn wir beide Jobs finden ... den Lebensstil, wie Mika ihn jetzt kennt und gewohnt ist, können wir uns unmöglich leisten. Ein Haus wie dieses, die Privatschule mit all seinen Freunden, die Nachhilfe, die Wahlärzte ... wie kann ich ihm das alles auf einen Schlag nehmen, nur weil der Mann, den ich liebe, nicht der ist, den ich geheiratet habe?

Und egal, was Henrik gemacht hat, er ist doch auch irgendwie ein Vater für Mika geworden.

Gut, seit unserer Hochzeit hat er sich immer seltener Zeit für ihn genommen. Und obwohl er es oft geleugnet hat, werde ich das Gefühl nicht los, dass er Mika nie wirklich kennen und lieben gelernt hat.

Aber wenn wir ihn dringend brauchten, war Henrik immer für uns da.

„Es tut mir leid." Vlad nimmt mich in den Arm, und ich lege den Kopf auf seine Brust.

Heiß fließen die Tränen über meine Wangen.

„Es ist nicht deine Schuld", flüstere ich.

„Doch, ist es. Ich hätte hier sein sollen." Er seufzt tief. „Wenn ich damals nicht die Beherrschung verloren hätte ..." Er sagt den Rest nicht, und das muss er auch nicht. „Ich hätte für euch da sein müssen. Für Mika. Für dich."

Es ist schwer, ihm zu widersprechen.

Ich sehe zu ihm auf und blicke tief in seine Augen. Schmerz steht darin und Reue. Ein Spiegel für meinen eigenen Schmerz, meine eigene Reue.

Ich küsse ihn und er küsst mich. Sein Atem wird mein Atem. Beinahe glaube ich, wenn seine Lippen meine verlassen, muss ich ersticken.

Doch als er sich sanft von mir löst, atme ich trotzdem weiter.
„Kannst du für mich auf das hier aufpassen?" Er reicht mir einen zweiten Umschlag.
„Mach ihn bitte nur auf, falls ich nicht wiederkomme, ja? Und warte eine Weile, bevor du etwas tust." Er zieht die Brauen zusammen, Sorge im Blick. „Mindestens ein halbes Jahr, vielleicht lieber ein ganzes."
Verwirrt und überrumpelt nicke ich, traue mich nicht, zu fragen, warum er vielleicht nicht wiederkommen könnte. Will ich es überhaupt wissen? Soll ich hoffen, dass er wiederkommt oder dass er verschwindet?
Ich öffne den Mund und bringe kein Wort heraus, weiß nicht wie ich mich von ihm verabschieden soll. Vlad nimmt mir die Entscheidung ab. Er fixiert mich mit seinem Blick und wieder fühle ich mich wie gestern Abend auf der Damentoilette.
Von den Zehen bis zu den Haarwurzeln paralysiert und weich in den Knien, lasse ich mich von ihm heranziehen. Schwer und warm liegt seine Hand knapp über der Wölbung meines Hinterns, drückt meinen Körper eng an seinen und

schickt Gänsehaut meine Wirbelsäule hinauf. Er küsst mich, sehr sanft und sehr kurz.
Ob er es wohl absichtlich so macht, weil er weiß, dass ich mehr will? Dass ich ihn nicht gehen lassen möchte?
Um meine Enttäuschung zu überspielen, öffne ich ihm die Tür. Er lächelt schief, dann geht er hinaus, ohne sich umzusehen.
Ich werfe einen raschen Blick auf die Nachbarhäuser. Alle Rollos sind noch zu, und ich atme auf. Schnell ziehe ich die Tür zu und hoffe, dass wirklich niemand etwas gesehen hat.

Bittersüsse Zweifel

Sobald die Tür ins Schloss fällt, bereue ich es, weiß aber nicht so recht, welchen Teil davon. Dass ich mit ihm geschlafen habe? Oder dass ich ihn gehen ließ?

Ich werfe einen Blick aus dem Fenster und sehe, wie Vlad in eine alte weiße BMW-Limousine steigt.

Was tue ich hier nur?

Ich lese das Kennzeichen, sage es mir tonlos vor. Falls er wirklich nicht wiederkommt, ist es zumindest irgendein Anhaltspunkt.

Will ich denn, dass er wiederkommt?

Ich vergrabe mein Gesicht in den Händen.

Wie kann ich nur?

Vlad und ich hatten unsere Chance. Sie ist verloren und vergangen. Ich muss ihn vergessen. Ich muss.

Ja, Henrik hat mich betrogen. Aber Vlad kann doch nicht wirklich glauben, dass er einfach mit diesen Fotos bei mir auftaucht und ich Hals über Kopf mit ihm und Mika durchbrenne?

Und selbst wenn Henrik nicht wäre, was weiß ich schon noch über Vlad nach all den Jahren?
Bei unseren spärlichen Besuchen hatten wir nicht gerade viel Zeit, uns auszutauschen. Das Gefängnis kann einen Menschen sehr verändern. Woher weiß ich, ob dieser Mann, der gerade aus meinem Bett gestiegen ist, derselbe ist, der vor dreizehn Jahren aus meinen Armen gerissen wurde?
Die Erinnerung an die schreckliche Nacht kommt in mir hoch. Meine Schreie, das leise Weinen von Vlads Mutter und vor allem sein Vater, am Küchenfußboden. Schnell schüttle ich die Erinnerung ab und mit ihr die Übelkeit.
Habe ich Vlad jemals wirklich gekannt? War er nicht damals schon unberechenbar? Außer Kontrolle?
Was tue ich, wenn er zurückkommt? Wenn er Henrik von letzter Nacht erzählt? Oder mich erpresst?
Wieder sehe ich aus dem Fenster.
Vlad ist noch nicht losgefahren. Er sieht nach unten, wahrscheinlich auf sein Telefon.

Jetzt, wo sein Körper meinem nicht mehr so nah ist, kommt er mir wie ein Fremder vor. Nicht einmal seine Nummer hat er mir gegeben.
Nein, es hilft nichts.
Ich muss wissen, wer er ist und was er will.
Kurzentschlossen greife ich nach meiner Tasche, schlüpfe in meine Schuhe und kritzle einen Zettel für Mika, falls er aufwacht.
Vertrau mir, hat Vlad gesagt.
Ich schüttle den Kopf und greife nach der Klinke.
Als er losfährt, laufe ich zu meinem Ford Kombi, reiße die Fahrertür auf und steige ein.
Während ich den Motor starte, biegt er schon um die Ecke.
–an Diabetes litt und offenbar die lebensnotwendigen Insulininjektionen nicht erhielt, fiel ins Koma und verstarb in den frühen Morgenstunden.
Ich will das Radio ausschalten, erwische in der Hektik den Knopf nicht und lasse es weiterplärren.
Der Fall des Häftlings lässt die Diskussion um die medizinische Versorgung in Justizanstalten erneut aufflammen.

Meine Hände kalt und verschwitzt auf dem Leder des Lenkrads, steige ich ordentlich ins Gas. Das Radargerät am Straßenrand blitzt. Fluchend fahre ich noch schneller.

Jetzt ist es auch schon egal.

Amnesty International kritisiert in einem dringenden Appell an die Regierung vor allem die mangelnde Versorgung von Insassen mit chronischen Erkrankungen.

Als ich endlich in der Kurve ankomme, bin ich sicher, ich habe ihn verloren.

Doch da entdecke ich den weißen BMW an der nächsten Ampel.

Eine ausreichende ärztliche Betreuung sei nicht gewährleistet.

Gerade noch schaffe ich es in der Grünphase hinter ihm über die Kreuzung und folge ihm in einigem Abstand.

Das Wetter bleibt auch morgen sommerlich und der Ruhnsee lockt mit Temperaturen von–

Endlich schaffe ich es, das Radio auszudrehen.

Vlad fährt nicht besonders schnell und ich bin erstaunt darüber, wie leicht es ist, jemandem zu folgen. Fast komme ich mir wie die Heldin in einem dieser Kinderkrimis vor, von denen Mika immer so begeistert war. Nur bin ich wohl schon ein wenig zu alt für eine Mitgliedschaft bei Emil und seinen Detektiven, den drei Fragezeichen, der Knickerbockerbande und wie sie alle heißen. In anderen Worten: Ich komme mir ziemlich bescheuert vor.

Ich muss über mich selbst lachen und verpasse beinahe, als Vlad auf die Abbiegespur wechselt. Schnell ziehe ich nach und werde lautstark angehupt.

Vlad kurvt währenddessen schon auf dem Parkplatz umher und hält direkt vor einer Pizzeria mit großer italienischer Fahne auf dem Schaufenster. *La Romaniana* steht in geschwungenen Lettern darauf.

Ich fahre hinterher und bleibe neben einem Stand, der Grillhühnchen und Schweinshaxen verkauft, stehen.

Vlad steigt aus, geht zur Pizzeria und klopft ans Fenster.

Wenig später kommt eine schlanke, großgewachsene Frau mit langen schwarzen Locken und dunklen, mandelförmigen Augen heraus.

Ihr Gesicht ist elegant geschnitten, mit vollen Lippen und hohen Wangenknochen.

Sie sieht aus, wie man sich ein italienisches Topmodel vorstellt. Aber es ist nicht nur ihre Schönheit, die mich aus der Fassung bringt. Ich kenne sie nicht.
Woher also kennt sie Vlad? Im Gefängnis wird er sie wohl nicht getroffen haben.
Es gibt nur eine Erklärung. Er muss schon wesentlich länger auf freiem Fuß sein, als ich dachte.
Die beiden stellen sich zum Lieferanteneingang und reden miteinander.
Sie legt den Kopf schief und beißt sich auf die wohlgeformte Unterlippe. Es sieht aus, als wäre sie knapp davor, in Tränen auszubrechen.
Vlad greift nach ihren Schultern.
Nein, nein, nein! Die Art, wie er mich eben noch angesehen, mich berührt, mich geküsst hat. Es muss etwas bedeutet haben. Es war mehr als nur ein nostalgischer One-Night-Stand. Sicher ist sie nur eine Bekannte, sicher–
Er nimmt sie in seine Arme. Sie vergräbt den Kopf in seinem Hals und er streichelt ihr Haar.
Ein Stich fährt zwischen meine Rippenbögen, wird langsam zu einem dumpf drückenden Schmerz in meiner Magengrube.

Es ist sehr genau das Gefühl, auf das ich vergeblich gewartet habe, als ich die Fotos von Henrik in meinen Händen hielt.
Wie konnte ich nur so naiv sein, anzunehmen, Vlad würde nach seiner Entlassung als Erstes zu mir kommen? Wie konnte ich glauben, er würde mich nach allem, was passiert ist, nach den vielen Jahren noch lieben?
Kribbelnde Hitze schießt mir in die Wangen und Tränen stechen in meinen Augen.
Damit ist es offiziell.
Wenn mein Mann, der erfolgreiche Anwalt, mich betrügt, ist es mir egal, aber wenn meine alte Flamme, der mittellose Ex-Häftling, eine andere Frau umarmt, breche ich zusammen.
„Na großartig", murmle ich.
Jetzt habe ich endgültig den Verstand verloren.
Kopfschüttelnd wische ich meine Tränen weg und starte den Motor.
Zuhause angekommen, rieselt eisige Panik über meinen Nacken.
Das Schlafzimmer! Die *Fotos*!
Zwei Stufen auf einmal nehmend laufe ich hinauf und öffne die Schlafzimmertür. Der Geruch von Sex schlägt mir ins Gesicht und ich

reiße die Fenster auf. Die Bettwäsche ist genauso zerwühlt, wie Vlad und ich sie zurückgelassen haben. Die beiden Kuverts liegen auf dem Leintuch, mitten in den sehr sichtbaren Resten unserer Körpersäfte.
Ich schiebe die Kuverts in die Lade mit meiner Unterwäsche, unter meine Dildosammlung.
So schnell ich kann, ziehe ich die Bettwäsche ab, stürme damit ins Bad, stopfe sie in die Waschmaschine und werfe einen Blick in die Dusche.
Sie ist trocken, und ich atme auf.
Henrik war heute noch nicht da. Sobald er heimkommt, geht er nämlich immer als Erstes duschen.
„Und jetzt weiß ich auch, wieso“, murmle ich und schnaube ein trockenes Lachen durch meine Nase. Apropos, mich sollte ich wahrscheinlich auch waschen, denn nicht nur die Bettbezüge riechen nach Vlad und unserer wilden Nacht.
Ich schalte die Waschmaschine ein, stelle mich unter die Dusche und hole tief Luft.
Es ist alles gut. Es ist alles gut.
Alles ist wie immer. Henrik wird nichts erfahren, ich werde nichts sagen, und wir werden einfach so weitermachen wie–

Es läutet an der Tür und ich fahre zusammen.
Im Bademantel laufe ich die Treppe hinunter, rutsche fast aus auf dem glatten Parkett.
Bitte nicht Vlad, bitte nicht Vlad!
Ganz leise sehe ich durch den Türspion.
Draußen steht ein hagerer Mann mit blondiertem Haar und Ziegenbärtchen. Er trägt ein pastellblaues Polohemd.
Zögernd öffne ich die Tür einen Spalt breit. „Guten Tag?“
„Guten Morgen! Tut mir leid, dass ich so früh störe“, sagt er und macht lächelnd einen Schritt rückwärts.
Ich öffne die Tür ein bisschen weiter, aber sein spitzes Gesicht gefällt mir nicht, und ich fühle mich plötzlich ziemlich nackt in meinem Bademantel.
„Es tut mir leid.“ Nervös lächle ich zurück. „Wir spenden nicht an der Tür, also ... schönen Tag noch.“
Ich will die Tür schon schließen, da macht er einen Satz nach vorn. Seine Schnelligkeit überrascht mich, und ich halte inne.
„Aber deswegen bin ich gar nicht hier“, sagt er, immer noch lächelnd. „Wissen Sie, Frau Lerchel,

ich suche jemanden. Einen alten Bekannten. Ich hatte gehofft, Sie können mir helfen, ihn zu finden. Er heißt Vladimir Bradowic. War er zufällig hier?"

Sein Name ist wie ein Schlag in meinen Magen.

„Nein", sage ich bestimmt und merke, wie mein Gesicht einfriert. „Ich kenne niemanden, der so heißt. Und ich habe jetzt wirklich keine Zeit me–"

„Sie kennen den Vater ihres Sohnes also *nicht*?" Er grinst. „Und er war auch nicht hier? Nach 13 Jahren im Bau?"

Entsetzen fährt in meine Glieder wie Eiswasser.

„Was glauben Sie eigentlich wer Sie sind?", fauche ich. „Verschwinden Sie, oder ich rufe die Polizei!"

Ich will die Tür zuknallen, aber er blockiert sie mit seinem Fuß.

„Was wollen Sie von mir?", zische ich in sein Gesicht.

„Er war hier, nicht wahr? Hat er irgendetwas dagelassen? Eine Tasche oder–"

„Nein, er war nicht hier", lüge ich. „Und dagelassen hat er auch nichts. Und selbst wenn, würde Sie das wohl kaum etwas angehen!"

„Ist das so?“ Er sagt es sehr ruhig. So ruhig, dass ich Gänsehaut davon bekomme. „Ich an Ihrer Stelle wäre sehr vorsichtig. Vladimir Bradowic ist ein gefährlicher Mann. Und über Sie hat er keine besonders freundlichen Worte verloren in den letzten Jahren. Sie sollten gut auf sich aufpassen.“

Er zieht seinen Fuß zurück und die Tür fällt knallend ins Schloss.

Durch den Türspion beobachte ich, wie er die Straße hinuntergeht und in einer Seitengasse verschwindet.

Was zur Hölle wollte dieser Kerl bloß?

Ich lehne meine Stirn gegen das kühle Holz.

Und was, verdammt nochmal, hatte ich an meinem langweiligen Leben nur auszusetzen?

„Danke, Vlad“, seufze ich.

Seit er mir auf die Damentoilette gefolgt ist, sind nicht einmal 24 Stunden vergangen, und schon läuten Verbrecher an meiner Haustür.

„Mama?“

Ich fahre herum. Mika steht am Treppenabsatz und reibt sich die Augen.

„Guten Morgen, mein Schatz“, sage ich betont fröhlich und setze mein strahlendstes Lächeln auf. „Bereit fürs Frühstück?“

„Wer war das an der Tür?“

„Ach, nur irgendsoein Spendensammler. Magst du Pfannkuchen?“

Heißkalter Schauer

„Pass gut auf dich auf, mein Schatz." Ich umarme Mika ganz fest und gebe ihm ein Küsschen auf die Stirn.
„Es ist ein Wochenende im Abenteuerpark." Meine Mutter drückt ermutigend meinen Unterarm. „Keine Überseereise."
„Na klar." Ich nicke und lächle nervös. „Viel Spaß euch Dreien!"
„Yeaah, Abenteuerpark!" Mika hüpft zu meinem Vater ins Auto. „Los, fahren wir!"
„Auf mich wartet ihr aber schon, oder?", sagt meine Mutter lachend und steigt auch ein.
Ich winke und atme tief durch.
Meine Mutter hat Recht.
Es ist ja nur ein Wochenende. Aber vermissen werde ich Mika trotzdem.
Kaum stehe ich im Flur, höre ich schon Henriks Stimme aus dem Wohnzimmer.
„Nerven hast du, das muss man wirklich sagen."

„Wieso?", frage ich unschuldig, obwohl ich mir ziemlich genau vorstellen kann, was er meint.
„Er prügelt einen Jungen krankenhausreif, und statt ihm Hausarrest zu verpassen, schickst du ihn in den Abenteuerpark."
„Ach so, das."
Schnell durchquere ich das Wohnzimmer und flüchte vor Henriks vorwurfsvollem Blick in die Küche.
„Ja, *das*."
„Henrik, wir haben das Thema jetzt schon so oft durchgekaut. Ja, Mika soll niemanden schlagen, das ist allen klar, und er wird sich auch bei Patrick entschuldigen. Aber wenn du glaubst, dieser Junge hätte es nicht verdient, dass sich mal endlich jemand gegen ihn wehrt, dann–"
„Ob jemand etwas verdient oder nicht, wird in unseren Breitengraden immer noch vor Gericht entschieden! Nicht per Lynchjustiz!"
„Stimmt. Und, wie läuft das? Ist jemand, der etwas Falsches tut, und nicht bestraft wird, weil er nicht erwischt wird, etwa unschuldig?"
Heißer Zorn wächst in meiner Brust und kribbelt als unangenehmer Schauer über meine Wangen. Der Gedanke an Henriks Ehebruch ver-

eint sich mit der Erinnerung an Vlads Gerichtsverfahren zu einem bitteren Klumpen in meiner Kehle. „Glaubst du das wirklich? Und wenn jemand vor Gericht gestellt wird, glaubst du wirklich, er bekommt, was er verdient, ja?"

Eisiges Schweigen aus dem Wohnzimmer. Ich muss Henrik nicht sehen, ich höre, wie er mit tiefen Atemzügen um Fassung ringt.

Ich greife mir an den Kopf und gebe mein Bestes, den Zorn loszulassen.

Es bringt sowieso nichts. Die Welt ist nun mal nicht fair, und als erwachsene Frau sollte man sich endlich damit abfinden.

„Wegen Mika und dem Abenteuerpark hättest du ja auch früher was sagen können", füge ich in etwas sanfterem Ton hinzu. Ich öffne den Schrank und hole eine Tasse heraus. „Jetzt kann ich das Ganze doch nicht einfach abblasen."

„Ich hab' immer wieder etwas gesagt." Ich höre, wie Henrik entrüstet sein Magazin auf den Couchtisch knallt. „Du hast einfach nicht zugehört."

„Du hast nie gesagt, er soll nicht fahren."

„Nein, weil ich dachte, das ist sonnenklar. Es kann doch nicht sein, dass man ständig alles bis ins Detail ausformulieren muss, um in diesem Haus verstanden zu werden." Er schnaubt entnervt. „Kannst du nicht *einmal* zwischen den Zeilen lesen?"

Ich hole tief Luft, stelle die Tasse in die Espressomaschine und zwinge mich zur Ruhe, zur Gleichgültigkeit. „Magst du auch Kaffee?"

„Ob ich ..." Ich höre geradezu, wie ihm der Mund offensteht. „Hast du überhaupt mitbekommen, was ich gesagt habe?"

„Ja, sicher." Ich drücke den Knopf und die Kaffeemaschine brummt. „Ich hab' mit Mika über Patrick geredet. Mehr kann man jetzt sowieso nicht machen. Und Hausarrest bringt Leute nur auf dumme Gedanken."

Wer das nicht glaubt, sollte mich mal ansehen.

„Ich übernehme keine Verantwortung dafür, wie das weitergeht, das sag' ich dir gleich", keift Henrik weiter.

Ich halte die dampfende Tasse unter meine Nase, ziehe mich zurück in die einfachen Genüsse des Alltags und atme den frischen Kaffeeduft tief ein. Mein Blick wandert zu Henriks gepacktem Koffer im Flur.

„Wann musst du nochmal los?“ Ich nippe an meinem Kaffee.
„In einer Stunde.“ Henriks Ton schlägt um und er seufzt. Von zornigem Zetern zu jammerndem Jaulen braucht er meistens nur einen Atemzug. „Ich wäre ja wirklich gern übers Wochenende hier geblieben, aber du weißt ja, wie die Kollegen sind. Die wollen die Dienstreise ausnutzen, um ein paar Sehenswürdigkeiten zu sehen und so.“
Und so. Ist schon klar. Ich frage mich, wie viele der *Kollegen* Frauen von den Fotos sind.
Ein bissiger Kommentar liegt mir auf der Zunge. Ein Hinweis darauf, dass ich sehr genau weiß, welches Spiel er hinter meinem Rücken spielt.
Dann zwinge ich mich, mit den Schultern zu zucken. Es bringt nichts, ihn jetzt darauf anzusprechen. Das ändert auch nichts mehr.
Sollen all die anderen Frauen sich doch mit Henrik herumschlagen. Viel Spaß.
Seine Schritte knarren am Parkett.
Er lehnt sich an den Türrahmen und wirft mir einen schuldbewussten Blick zu.
„Ich weiß, wir hatten die letzten Monate wenig Zeit miteinander.“ Er kommt näher und eine

Dunstwolke aus Deo, Aftershave und Haargel folgt ihm, als er seine Hand auf meine Schulter legt. „Aber wenn ich wiederkomme, holen wir das nach. Versprochen."

„Ist gut." Ich tätschle seine Hand und gehe zum Luftholen ins Wohnzimmer.

In dem Moment vibriert mein Telefon am Couchtisch und gibt einen Glockenton von sich. Charlottes Nachricht erscheint am Bildschirm.

Liebe Lea,

wie geht's dir? Schade, dass du letztes Mal so früh wegmusstest! Du hast einen grandiosen Abend verpasst ... also, vorausgesetzt man hat Spaß an hitzigen Diskussionen über das Hausfrauendasein und die Emanzipation, die ich offenbar verpasst habe ;-)

Was machst du so? Hoffe, Henrik hat es mittlerweile endlich mal geschafft, sein bestes Stück auszupacken ...

*Glg :-**

Ich ziehe eine Braue hoch und unterdrücke ein zynisches Lachen.

Oh, ausgepackt hat er es, kein Zweifel!

Ich beobachte ihn dabei, wie er seine prallgefüllte Toilettentasche in seinen Rollkoffer packt, und frage mich, was all diese Frauen an

ihm finden. Was habe ich einmal an ihm gefunden?
Einen willkommenen Ausweg aus der Armutsfalle alleinstehender Mütter?
Nein, das war es nicht. Vor unserer Hochzeit war er immer zuvorkommend und aufmerksam. Nahm sich die Zeit, mit Mika und mir etwas zu unternehmen, und brachte mir Blumen und Pralinen von seinen Dienstreisen. Klar, mit ihm war es nie so leidenschaftlich wie mit Vlad, aber auf diese eigene gesetzte Art und Weise war es schön mit ihm.
Nur, seit wir geheiratet haben, ist es immer schwieriger geworden. Mittlerweile habe ich den Eindruck, Mika ist ihm sowieso nur mehr ein Dorn im Auge, und an mir hat er auch ständig etwas auszusetzen.
Aber, wenn ich ehrlich bin, geht es mir mit ihm so viel anders? Jeden Tag freue ich mich, wenn er zur Arbeit geht, und hoffe, dass er möglichst lange weg ist, damit keine Zeit zum Streiten bleibt.
Und wann habe ich das letzte Mal irgendetwas an ihm gut oder begehrenswert gefunden?

Jetzt gerade kann ich mich nicht entscheiden, was ich unmännlicher finde ... eine Parfumwolke, so dick, dass man sie schneiden kann, oder eine Tasche voll teurer Kosmetikprodukte.
Als der duftende Henrik endlich weg ist, gehe ich ins Schlafzimmer, entschlossen, mich ein wenig abzulenken und mir etwas Spaß und Entspannung zu gönnen, jetzt wo ich das Haus für mich alleine habe.
Ich öffne die Unterwäschelade und ein angenehmes Ziehen regt sich zwischen meinen Beinen, während ich mein Spielzeug auf dem Nachtkästchen aufstelle.
Als ich den letzten Buttplug, einen großen Glastropfen mit breitem Standfuß, aus der Lade hole, fällt mein Blick auf die Kuverts.
Hier ist er, der schmierige Bodensatz meines Lebens, unter Riesendildos und Analstöpseln.
Mit spitzen Fingern ziehe ich die Umschläge hervor. Noch einmal blättere ich durch die Fotos von Henrik und seinen Eroberungen.
Ich stelle mir vor, wie er in diesem Moment mit einer von ihnen im Flughafen-Bistro sitzt, und versuche, Eifersucht heraufzubeschwören, oder zumindest Enttäuschung.

Aber alles, was ich zustande bringe, ist ein letzter Rest Zorn, mehr wegen der Sache mit Mika, als wegen Henriks Untreue.
Es ist der Kontrast, der mich wütend macht.
Wie kann Henrik von Mika moralisch tadelloses Verhalten verlangen, wenn er selbst gegen unser Ehegelübde verstößt?
Die Heuchelei stört mich, aber der Betrug an sich berührt mich weniger als die letzte Folge von dieser Serie über den Drogenboss ... wie hieß die nochmal?
Ich greife mir an die Nasenwurzel und schüttle den Kopf.
Wenn irgendeine Fernsehserie, deren Namen man schon wieder vergessen hat, mehr Emotionen auslöst, als das eigene Eheleben, wie armselig ist das? Irgendetwas stimmt nicht mit mir.
Ich greife nach dem zweiten Umschlag und mich überkommt ... etwas.
Diese Regungen als Emotionen zu bezeichnen, wäre Verharmlosung. Ein heißkalter Hauch krabbelt über meinen Nacken, als sie eine nach der anderen über mich herfallen. Lust, Wut, Freude, Trauer, Hoffnung, Verzweiflung, nagender Neid. Ich schüttle sie ab, habe Angst, von

innen heraus zerfressen zu werden, wenn ich sie zu nah an mich heranlasse.
Die ganze letzte Woche hat Vlad sich nicht blicken lassen, aber diesen heißkalten Hauch in meinem Nacken kann ich nicht abschütteln. Er kommt immer wieder, sucht mich heim wie ein verfluchter Geist.
Ich nehme einen tiefen Atemzug.
Emotional abgestorben bin ich also wohl doch nicht, nur grob verwirrt. Wie beruhigend.
Mein Blick fällt wieder auf den Umschlag in meiner Hand. Er ist sehr dünn, sehr leicht.
Mach ihn bitte nur auf, falls ich nicht wiederkomme, hat Vlad gesagt.
Ich sollte ihn zulassen. Oder nicht?
Wahrscheinlich denkt Vlad schon gar nicht mehr an mich. Sicher ist er viel zu beschäftigt mit dieser Italienerin von der Pizzeria. Und wer bin ich überhaupt, es ihm vorzuhalten, dass er sich jemand anderen gesucht hat?
Ich habe Henrik geheiratet, verdammt nochmal.
Aber wenn Vlad ihr so nahesteht, warum hat er den Umschlag dann mir gegeben und nicht ihr?

Vladimir Bradowic ist ein gefährlicher Mann, hallt die Stimme des Mannes mit dem Ziegenbärtchen in meinem Kopf wieder. *Und über Sie hat er keine besonders freundlichen Worte verloren ...*
Ist das Vlads Rache? Will er mein Leben zerstören? Hat er sich irgendein krankes Spielchen für mich ausgedacht, um mir heimzuzahlen, dass ich einen anderen geheiratet habe?
Meine Finger schließen sich fester um den Umschlag und drücken Falten in das Papier.
Am besten ich lasse ihn zu und werfe ihn weg, so wie er ist. Werfe ihn weg und vergesse ihn, vergesse Vlad. Ein für alle Mal.
Ich mache einen Schritt auf den Papierkorb zu, bin kurz davor, den Umschlag hineinfallen zu lassen, und halte inne.
Was macht es für einen Unterschied, ob ich ihn geöffnet oder ungeöffnet entsorge? Wer wird es wissen?
Langsam wandern meine Finger in die Lasche, lösen vorsichtig die Klebestelle, Stück für Stück.
Nur ein Blatt steckt darin. Eine Seite, herausgerissen aus der Stadtzeitung. *Lokale Gastronomie und Hotellerie in der Krise* steht groß neben einer Werbung für Heckenscheren. Quer über das sehr

zufriedene Gesicht des Mannes mit dem elektrischen Gartenwerkzeug hat jemand mit Kugelschreiber ein paar Worte gekritzelt: *Zwischen der dicken Buche und dem Stumpf.*
Es war nicht Vlad.
Seine Handschrift sieht anders aus.
Aber was soll das bloß heißen? Ob es etwas mit Heckenscheren zu tun hat?
Aber wer muss sich schon notieren, wo genau er die Hecke schneiden muss?
Darunter ist noch ein kurzer Artikel mit dem Titel *Naturwunder der Woche: Rundwanderweg Ruhnsee* zusammen mit einer kleinen Wanderkarte abgedruckt.
Ich drehe das Blatt um.
Die Rückseite zeigt eine lachende Frau, ein Kleinkind am einen Arm und eine volle Einkaufstüte im anderen.
Einkaufen sollte ich heute eigentlich auch noch gehen ... ich schüttle den Gedanken ab und reibe nachdenklich mit dem Knöchel an meiner Nasenspitze.
Warum hat Vlad die Zeitungsseite in den Umschlag gesteckt?

Wenn es nur um irgendein Rachespielchen geht, hätte er mir doch genausogut ein leeres Kuvert geben können, oder nicht?
Ob er wohl damit gerechnet hat, dass ich es öffne?
Ich drehe das Blatt noch einmal um. Beim zweiten Hinsehen fällt mir ein kleines Kreuz auf. Es markiert eine Stelle auf der Wanderkarte, ein gutes Stück vom See und der roten Route um seine Ufer entfernt.
„Zwischen der dicken Buche und dem Stumpf", murmle ich leise.
Soll das etwa–
Ich fahre herum. Vlad steht im Türrahmen.
Ich habe ihn nicht gehört, nicht gerochen, mehr gespürt. Sein Blick ist ein heißkalter Schauer auf meiner Haut.
Wie, verdammt nochmal, kommt er schon wieder ins Haus?
Die Balkontür habe ich die ganze letzte Woche nicht mehr aufgemacht.
Habe ich wirklich geglaubt, das würde ihn draußenhalten? Wollte ich das überhaupt?
Seine Augen fixieren mich, scheuchen das elektrisierende Prickeln von der Innenseite

meiner Oberschenkel bis zu meinen Haarwurzeln. Er kommt auf mich zu, während das Blatt zu Boden segelt.
Ich will zurückweichen, will den Blickkontakt brechen, aber ich bin wie erstarrt.
„Was willst du von mir?“ Meine Stimme ist nicht viel mehr als ein Flüstern.
„Du hast es aufgemacht.“ Eine tiefe Falte gräbt sich zwischen seine dunklen Brauen. „Warum?“
„Ich ... du bist nicht wiedergekommen und ich dachte ...“ Jeder seiner Schritte jagt Gänsehaut meine Wirbelsäule hinauf. „Ich dachte ...“
Er kommt noch näher, legt den Kopf schief und ich spüre seinen Atem auf meiner Wange. „Was dachtest du?“
Übelkeit kriecht meine Kehle hoch, halb wegen der eisigen Angst in meinem Nacken, halb wegen der feuchten Hitze zwischen meinen Schenkeln.
Sein Blick streift die Spielzeugsammlung auf meinem Nachtkästchen.
„Warst du einsam?“ Seine Mundwinkel zucken, während er mit ruhigen Bewegungen seinen Gürtel öffnet und mit dem Zischen von Leder auf Stoff aus den Schlaufen zieht. „Ohne mich?“

Ich kann nicht anders, als den Gürtel in seinen Händen anzustarren. Die Erinnerungen überrollen mich wie eine Sturzflut, bringen mein Herz zum Hämmern und meinen Atem zum Stocken.

„Bitte geh'", sage ich und presse schnell die Lippen zusammen, damit er nicht sieht, wie sehr sie zittern. „Bitte, Vlad, ich–"

Er packt meinen Hintern so plötzlich und so fest, dass statt Worten nur eine eigenartige Mischung aus gehauchtem Stöhnen und hellem Schrei meinen Mund verlässt und mir das Blut in die Wangen treibt.

„Ich habe dich auch vermisst", raunt er.

Die Hand mit dem Gürtel wandert zwischen meine Schulterblätter, die andere unter meinen Rock, zwischen meine Hinterbacken. Ich winde mich in seinem Griff, versuche, mich zu befreien, aber schon drückt seine Hüfte gegen meine, lässt mir keinen Raum. Hart spüre ich seine Erregung durch den Stoff der Jeans und weiß, dass es längst zu spät ist.

Vlad schiebt mich rückwärts, bis die Bettkante in meine Kniekehlen fährt. Ich verliere das Gleichgewicht, und nur mehr seine Arme halten mich.

Sie lassen mich in die Matratze sinken, doch er bleibt dicht über mir, lässt mir keinen Ausweg.
Er streift die Träger meines Tops und meines BHs von meinen Schultern.
Dann packt er meine Arme, zwingt sie nach oben und schlingt den Gürtel um meine Handgelenke. Scharf sauge ich die Luft durch die Zähne, als sich der stechende Schmerz in meinen abgeschnürten Händen mit dem pochenden Ziehen zwischen meinen Beinen vereint. Es ist eine giftige Mischung, die ich nur allzu gut kenne.
Vlad zurrt den Gürtel an der Lehne am Kopfende des Bettes fest und zerrt mein Top zusammen mit meinem Rock und meinem nassen Höschen nach unten und über meine Beine weg. Dann packt er meinen BH. Als er daran reißt, knirschen sofort die Nähte im zarten Spitzenstoff, und die Häkchen im Verschluss geben nach.
Ich zwinge mich, tief durchzuatmen, zwinge mich, den Mund zu öffnen, die Worte schon auf meiner Zunge, als Vlads Hand sich grob auf meine Lippen legt.

„Oh, nein, nein, nein." Er grinst schief. „Du hattest deine Chance, mich wegzuschicken, Lea. Jetzt ist es zu spät. Und du", rau wandert seine freie Hand über meinen Venushügel, „du trägst eine Einladung mit dir herum, die ich nicht einfach ausschlagen kann."

Ich klemme meine Beine zusammen, aber ich bin so feucht, dass sein Finger trotzdem wie von selbst zwischen meine geschwollenen Lippen rutscht.

Ein erregtes Knurren vibriert durch seine Brust.

„Ich werd' dich solange ficken", raunt er in mein Ohr, „bis du wieder weißt, dass dein Körper mir gehört. Mir allein."

Mehr und mehr seiner Finger gleiten in mich. Ich stöhne auf, als sie mich dehnen.

Gleichzeitig fährt mir der Gedanke an die Italienerin in die Brust wie eine kalte Klinge und legt einen bitteren Beigeschmack über die süße Lust, die meine Glieder zerfließen lässt.

Ich bäume mich auf, versuche verzweifelt, eine Grenze aufzubauen zwischen ihm und mir.

Seine Lippen wandern über meine Haut, verteilen Küsse darauf, die sich anfühlen wie Eisblumen mit einem Tropfen heißem Wachs in der Mitte, und ich weiß genau, ich bin verloren.

Langsam gibt seine raue Hand meinen Mund frei, während seine Zunge mit meinen harten Brustwarzen spielt, und seine Hände an meinem Bauch abwärts wandern.

Mit einem Ruck zieht er meine Beine auseinander und küsst die Innenseite meiner Schenkel, leckt und saugt an meiner Haut, bis ich mich wimmernd an ihn drücke. Ein Grinsen funkelt in seinem Blick, als seine Zunge meine Lippen teilt, heiß und feucht meine Perle streichelt und mich zum Stöhnen bringt.

Stück für Stück küsst er sich zurück zu meinem Gesicht.

Sein Daumen reibt meinen Kitzler, so fest, dass es fast schmerzt, während seine Finger mich noch weiter dehnen, dann wandert einer davon zwischen meine Hinterbacken.

Verzweifelt schließe ich die Augen und drehe den Kopf zur Seite, doch sofort packt seine zweite Hand mein Kinn und zwingt mein Gesicht zurück nach vorn.

„Sieh mich an." Er gräbt seine Fingerkuppen in meine Wangen, der Schmerz ein dumpfer Stich in meinem Fleisch. „Sieh. Mich. An."
Ich öffne meine Lider, sehe direkt in seine Augen, und in dem Moment presst er seinen Finger bis zum Ansatz in meine Rosette.
Laut stöhne ich auf, als der Orgasmus wie eine Welle durch meinen Körper pulsiert, zurückgeworfen von Valds Fingern überall in mir.
Seine Augen durchbohren mich und ich versinke darin, bin schon verschmolzen mit ihm, noch bevor er seine Hosen heruntergelassen hat.
Als sein Mund meinen verschließt, ist alle Bitterkeit aus mir verschwunden. Meine Zunge windet sich um seine, tanzt mit ihr, leckt über seine Lippen. Er knabbert an meinem Ohrläppchen, beißt in meinen Hals.
Dann hält er mir etwas unter die Nase, das ich sehr gut kenne.
Ein Glastropfen, fast so groß wie Vlads Eichel, mit einem breiten Standfuß.
Ich schüttle den Kopf, trotzdem öffne ich den Mund, als er das kühle Glas dagegen drückt. Vorsichtig zieht er den Tropfen wieder hervor, lässt ihn über meinen Bauchnabel und meinen

Venushügel gleiten und reibt ihn an meiner Perle.

Ich biege den Rücken durch, fühle mich ausgeliefert, eingenommen. Wie von selbst spreizen sich meine Beine, und ich unterdrücke ein Keuchen, als er das kühle Glas zwischen meine feuchten Lippen schiebt.

Kurz presst er den Tropfen in mich, nur um ihn gleich wieder herauszuholen.

Schauer kribbeln wie Nadelspitzen auf meiner Haut, als er ihn in meiner Rosette kreisen lässt.

„Weißt du, wie sehr ich mich zurückhalte?“, raunt er. Hin und her, hinein und hinaus wandert der Tropfen. „Weißt du, wie leicht es jetzt wäre, meinen Schwanz in deinen geilen kleinen Arsch zu schieben?“ Ein frustriertes Knurren verlässt seine Lippen. „Alles zu seiner Zeit, ja?“

Einen Augenblick lang teilt süßer Schmerz meine Hinterbacken, und ein Laut, halb Schrei, halb Stöhnen, verlässt meinen Mund, als der Tropfen ganz in mich rutscht. Sein Druck bringt meinen gesamten Kitzler zum Pochen, trägt meinen Herzschlag bis tief in meinen Bauch hinein.

Mit einem Mal ist Vlad über mir.

Ich spüre seine nackte Haut, seine geschwollene Erregung zwischen meinen Beinen, seine dicke Eichel heiß an meiner nassen Spalte. Wann hat er sich ausgezogen?
„Mmh, du bist so verdammt eng." Er beugt sich herunter zu mir, und sein schwerer Körper lässt mich in die Matratze sinken. „Was soll ich jetzt mit dir machen, Lea?" Tief blickt er mir in die Augen, seine harte Erektion immer noch pochend an meinem schmalen Eingang. „Hm?"
Ich stöhne und wölbe ihm mein Becken entgegen.
„Sag es."
„Fick mich", keuche ich und wieder funkelt ein Grinsen in seinem Blick. „Bitte, fick mich."
Tiefer und tiefer bricht er in mich ein, bringt mich abwechselnd zum Stöhnen und zum Schreien, während er mich endlich ganz ausfüllt. Sein Gewicht, seine Bewegungen auf mir, sie sind eine Fortsetzung des Pulsierens zwischen uns, und meine Gedanken lösen sich auf, ertrinken in mir, in ihm. Jede unserer Regungen wirft mehr und mehr Wellen, sie wandern übereinander, ineinander, dehnen sich aus und zersetzen sich, nur um sich wieder zusammenzuziehen.

Nichts spielt mehr eine Rolle, gleichzeitig ist jeder Augenblick wertvoll wie nie zuvor.
Die Welt beginnt und endet mit uns.
Als ich erschöpft und vom Gürtel befreit neben ihm in die Kissen sinke, mustere ich sein Gesicht, folge jeder kantigen Linie darin mit meinem Blick. Wie kann ich diesem Mann nur so hilflos ausgeliefert sein und trotzdem so nahe, dass es fast wehtut?
Ich weiß, sobald er das Haus verlässt, wird er wieder ein Fremder sein, und doch ... jetzt ist er mir vertraut wie sonst nur ich selbst.
Er sieht mich an. Seine blassgrünen Augen sind ein wenig heller als Mikas und eine unausgesprochene Bitte liegt darin.
Er will ihn treffen, das ist klar.
Ich sehe es in der Art, wie er mich ansieht, in diesen Momenten, kurz nachdem er über mich hergefallen ist, wenn wir uns in den Armen halten.
Es ist auch verständlich, aber es ist schwierig.
Für alle Beteiligten.
Vlad weiß das. Deshalb fragt er nicht.
Ich weiß, dass er es weiß. Deshalb sage ich nichts dazu.

Wir sehen uns nur an und verstehen uns, ohne ein Wort zu wechseln.

Sanft löst er sich aus meiner Umarmung und beginnt, sich anzuziehen. Wieder hinterlässt er seinen kühlen Schatten auf meiner Haut. Eine Leere, die ein ziehendes Stechen in meine Brust treibt.

„Mika ist bei meinen Eltern", beginne ich vorsichtig.

„Ich weiß." Er zieht das T-Shirt über seinen muskulösen Oberkörper.

„Und Henrik ist auf Dienstreise."

„Ich weiß." Klimpernd schließt er seine Gürtelschnalle.

Ich beiße auf meine Lippe, will den nächsten Satz nicht sagen, und kann ihn doch nicht ungesagt lassen.

„Du könntest bleiben", flüstere ich.

„Da ist etwas, das ich erledigen muss."

Er wendet mir den Rücken zu, um sich nach seinen Schuhen zu bücken.

„Oh." Der belegte Klang meiner Stimme verrät mich, offenbart meine Enttäuschung. „Verstehe."

Das makellose Gesicht der Italienerin kommt mir wieder in den Sinn und hinterlässt einen üblen Geschmack in meinem Mund.
Vlad dreht sich um und mustert mich. Einen Wimpernschlag lang glaube ich, er weiß, was ich denke. Schon warte ich darauf, dass er mir von ihr erzählt, dass er einen Schlussstrich zieht, dass er gesteht, dass er nur wegen Mika zu mir–
„Aber du könntest mitkommen“, sagt er. „Wenn du feste Schuhe anziehst. Und eine Hose.“
Mit großen Augen starre ich ihn an. „Ich ... was?“
„Es gibt da etwas“, er lächelt schief, „das wollte ich dir sowieso zeigen.“

„Sag mal“, nervös fahre ich mit den Fingerspitzen am Griff der Autotür entlang, über den Fensterheber und zurück, „triffst du die Jungs von früher noch?“

„Du meinst, ob ich mein Geld immer noch damit verdiene, anderen Leuten die Häuser leerzuräumen?“ Vlads Mundwinkel zucken, als er mich aus dem Augenwinkel heraus ansieht. „Du kannst es ruhig sagen, wie es ist.“

Ich schnaube ein entrüstetes Lachen durch die Nase und sehe kopfschüttelnd aus dem Fenster. Ein Einfamilienhaus zieht am anderen vorbei, ein Vorgarten folgt auf den nächsten. Bald trennen sie Felder hier und da, vereinzelt alte Bauernhöfe.

Im Norden sieht die Stadt schon mehr wie ein großes Dorf aus.

„Und nein“, sagt Vlad. „Ich geh‘ nicht mehr im Villenviertel *Fensterputzen*.“ Die Gänsefüßchen um das letzte Wort sind schwer zu verfehlen.

„Ich such' mir jetzt was anderes." Er grinst schief. „Was Ehrlicheres."

Ich atme hörbar auf, verrate meine Erleichterung.

Es hatte eine Weile gedauert, damals, bis er mir anvertraute, wohin er in der Nacht immer verschwand. Ich glaube, er hat sich dafür geschämt. Verständlicherweise.

Beinahe hätte ich ihn verlassen, ohne ihm von meiner Schwangerschaft zu erzählen. Aber ich konnte es nicht.

Nicht mehr, nachdem er mir geschworen hatte, sich eine ehrliche Arbeit zu suchen. Ich glaube immer noch daran, dass er es wirklich machen wollte. Für mich. Und das hätte er wohl auch, wenn ihm die Zeit dazu geblieben wäre.

„Das ist der Weg zum Ruhnsee", sage ich und deute mit einem Kopfnicken zum Fenster hinaus. Ich denke an die Zeitungsseite, an das Kreuz auf der Wanderkarte.

Vlad nickt.

„Was tun wir dort?"

„Lass dich überraschen", sagt er, ohne die Augen von der Straße zu nehmen.

Ich kurble das Fenster hinunter und lasse mir den kühlen Fahrtwind ins Gesicht strömen, während ich Vlad beobachte. Seine kräftigen Hände am Lenkrad, sein Gesicht voller Tatendrang und Entschlossenheit.

„Wie war es?“ Ich rutsche auf dem Beifahrersitz hin und her, bin nicht ganz sicher, ob ich die Antwort wirklich hören will. „Im Gefängnis?“

„Es ist hauptsächlich langweilig. Zumindest solange man den Kopf unten hält. *Gute Führung* nennen sie das, und sagen, man darf früher raus, wenn man sich an die Regeln hält. In Wahrheit lassen sie aber fast jeden früher raus, weil sie nie genug Platz für alle haben.“

Ein trauriges Lächeln huscht über seine Lippen. „Meistens ist es nicht, wie man es sich vorstellt. Viele sind mit sich selbst beschäftigt. Aber ein paar wenige gibt es schon, die immer Streit suchen. Dean, mit dem hab ich mir die Zelle geteilt, der war in Ordnung. Auch Kroate. Hat nicht viel geredet und nicht zu wenig. Manche hören ganz damit auf, andere machen nichts anderes. Die erzählen dir den ganzen Tag, warum sie drin sind, was sie getan haben. Wie hart sie sind.“

Sein Mundwinkel zuckt. „Einen gab es, Murko, der hat ständig groß darüber geredet, was für ein reicher Mann er mal sein wird. War ein hinterhältiger Drecksack, der allen das Leben schwer gemacht hat. Wenn er nicht gerade damit beschäftigt war, die Neuzugänge zu quälen, hat er überall 'rumerzählt, er hätte eine Bank ausgeräumt, und das Geld würde draußen auf ihn warten. Zehn Millionen Euro. Er würde alles haben und mehr. Häuser, eine Yacht, Frauen."
Vlad fährt mit der Zunge über seine Schneidezähne. „Zu viel zu reden, ist nicht gesund. Und Murko, der wusste sowieso nie, wann Schluss ist. Hat geglaubt, er kann alles mit jedem machen. Nur, mit Dean und mir ist das nicht so gelaufen, wie er es sich vorgestellt hat."
Die Geschichte gefällt mir nicht, und langsam aber sicher ebbt die wohlige Wärme ab, die Vlad in meinem Bauch hinterlassen hat.
Ich bekomme das bestimmte Gefühl, dass ich nicht wissen will, was mit diesem Murko passiert ist. Dass ich nicht wissen will, was Vlad mit denen macht, die seinen Groll auf sich ziehen.
„Am Ende hat der Kerl nicht nur geredet, er hat gesungen wie–"

„Ich“, unterbreche ich ihn und er runzelt die dunklen Brauen, „ich habe oft überlegt“, ich presse die Lippen aufeinander, „was gewesen wäre, wenn ... wenn es anders gekommen wäre. Wenn du damals nicht ... wenn dein Vater nicht ...“ Der Rest will nicht über meine Lippen.

„Damit habe ich schon lange aufgehört.“ Kurz streift mich Vlads Blick, dann wandert er zurück zur Straße. „Wenn man zu viel darüber nachdenkt, erdrücken einen die Wände, und der Tod beginnt auszusehen wie ein guter alter Freund.“ Wieder spüre ich seinen Blick auf mir, kann mich aber nicht überwinden, ihn zu treffen. „Das ist wahrscheinlich anders, wenn man draußen ist, in der Sonne.“

Ich schlucke. „Ich wollte es nicht. Die Anwältin, sie hat gesagt, ich muss es tun.“ Er ist wütend auf mich. Natürlich ist er wütend auf mich. Wie könnte er es nicht sein? Ich hätte mit ihm darüber sprechen sollen, vor all den Jahren. Aber ich konnte es nicht. Ich hatte ihn verraten, hatte einen unverzeihlichen Fehler gemacht. Was können Worte da helfen? Sie machen nichts rückgängig. „Sie hat gesagt, wenn ich genau beschreibe, wie es dazu gekommen ist, musst du nicht ... nicht so lange ...“ Die Tränen lassen meine Sicht verschwimmen. „Ich wollte nie gegen dich aussagen. Das weißt du, oder?“

„Und ich wollte meinen Vater nicht totschlagen.“

Ich fahre zusammen, als er es sagt.

In seiner Stimme liegt so wenig Gefühl, als würde er erzählen, wo er letztes Jahr auf Urlaub war, oder was er vor einer Woche gegessen hat.

Übelkeit kitzelt meinen Rachen, der Abend vor dreizehn Jahren so klar in meiner Erinnerung, als wäre es gestern gewesen.

Vlads Vater brüllend über seiner Mutter, die Hand drohend erhoben, und Vlad, wie er ihn am Kragen hochreißt und seine Faust in seinem Gesicht versenkt, wieder und wieder. Meine Ohren erfüllt vom verzweifelten Schluchzen seiner Mutter, dann betäubt von meinem eigenen schrillen Schrei.

Wie oft bin ich seitdem in der Nacht schweißgebadet aufgewacht und habe mir gewünscht, ich hätte nicht hingesehen? All das Blut auf den beigen Küchenfliesen, in der Mitte der Haufen Fleisch, hier und da die weißen Spitzen von gebrochenen Knochen ...

„Ihr habt beide zuviel getrunken“, sage ich leise.
„Mein Kopf war klar genug, und mein Vater war immer nur dann benebelt, wenn er zu nüchtern war“, knurrt Vlad, seine Knöchel weiß am Steuer. Hinter seiner Silhouette ziehen die letzten Lichter der Vorstadt vorbei. Er steigt ins Gas und lässt den alten BMW über die Landstraße brausen. „An einem Abend, meine Mutter hatte mal wieder den Schnaps in den Abfluss gegossen, hat er ihr den Kiefer und das Schlüsselbein gebrochen.“
„Ich weiß“, flüstere ich.
Er hat es mir oft erzählt. Noch kein einziges Mal wusste ich, was ich sagen soll. Was kann man auch sagen zu so etwas? Keine Worte können ihm seine Kindheit wiedergeben.
„Meine Lehrerin hat nachgefragt. Ich hab' gesagt, meine Mutter hatte 'nen Fahrradunfall.“
„Du warst nur ein Kind“, sage ich sanft. Fast lege ich ihm die Hand auf die Schulter, aber dann sehe ich die angespannten Muskeln an seinen Schläfen. „Was hättest du tun sollen?“
„Ihn totschlagen. Damals wäre ich dafür nicht in den Knast gegangen.“
Wieder einmal fehlen mir die Worte.

Ich habe Vlads Vater nicht lange gekannt, aber in den wenigen Momenten, in denen ich ihn erlebt habe, hat er dem Bild, das Vlad von ihm zeichnet, alle Ehre gemacht.
Es ist sehr schwer, einen Mann wie ihn zu verteidigen. Und er hat, abgesehen von Vlads Mutter, wohl auch niemanden hinterlassen, der für ihn Partei ergreifen würde.
„Deine Mutter hatte etwas Besseres verdient."
Es ist das Unverfänglichste, was mir einfällt.
„Sie ist bei ihm geblieben. Bis zum Ende."
„*Du* hattest Besseres verdient."
„Ich *hatte* Besseres. Viel Besseres." Vlad sieht mich an, ein waches Blitzen in den blassen Augen. „Ich hab' es verschleudert, um meinen Vater umzubringen."
Er biegt in den schmalen, dunklen Weg ein, der zum See führt.
„Wir tun, was wir tun, und zahlen den Preis." Er zieht seine Jacke zurecht, und kurz sehe ich etwas Schwarzes in der Innentasche aufblitzen. Ein kantiger Umriss in den Schatten.
Eine Pistole!
Wir tun, was wir tun, und zahlen den Preis?
Welchen Preis werde ich bezahlen?

Eisige Kälte kriecht in meine Knochen, knistert in meinem Nacken und stellt mir alle Haare auf.
Vlad hält auf einem geschotterten Parkplatz. Vom Mond ist nur eine schmale Sichel zu sehen, und die Wälder um uns herum sind in zähe Finsternis getaucht.
Mir wird unangenehm bewusst, wie allein ich mit ihm bin, hier draußen, mitten im Nirgendwo.
Was markiert das Kreuz auf der Wanderkarte? Einen guten Platz, um Leute verschwinden zu lassen, vielleicht? Sind es nicht solche Dinge, die man im Gefängnis lernt?
„Was machen wir hier?" Meine Stimme zittert, Panik schnürt mir die Kehle zu.
Mika. Er kann nicht ohne mich sein. Was habe ich nur getan?
Ohne zu antworten, steigt Vlad aus, geht um die Kühlerhaube herum und öffnet meine Tür.
Wieso habe ich nicht gleich die Polizei gerufen? Wie konnte ich nur so dumm sein? Wie konnte ich nur–
„Das wirst du gleich sehen." Vlad nimmt mich an der Hand und zieht mich aus dem Auto.

Nein. Ich kann nicht sterben. Ich darf nicht sterben.
Mika. Mein süßer, tapferer Mika.
Kaum stehe ich vor Vlad, schnellen meine Hände wie von selbst nach vorn, in seine Jacke. Ich packe die Waffe und reiße sie heraus.
Vlad duckt sich. Seine Finger schließen sich fest um mein Handgelenk.
Bevor ich verstehe, was passiert, rammt seine Schulter mich gegen das Auto und presst die Luft aus meinen Lungen.

„Was zur ...", knurrt Vlad durch seine Zähne, während ich verzweifelt versuche, meine Hand aus seinem Griff zu winden. „Bist du völlig–"
Ein scharfes Klicken ertönt. Vlad und ich erstarren.
„Fallenlassen!" Die Stimme kommt mir vage bekannt vor. „Fallenlassen, jetzt!"
Ich sehe über Vlads Schulter, mitten in den Lauf einer Pistole.
„Lassen Sie die Waffe fallen, Frau Lerchel!" Im spärlichen Licht erkenne ich das spitze Gesicht des blonden Mannes mit dem Ziegenbart. Ich sehe Vlad an, und er schüttelt fast unmerklich den Kopf. „Denken Sie an ihren Sohn", sagt der Mann gefährlich leise. Widerwillig öffne ich meine Finger, höre, wie die Waffe klackernd auf dem Schotter aufschlägt. Vlad lässt mein Handgelenk los und richtet sich auf. „Gut so. Und jetzt Hände hinter den Kopf und langsam vom Auto wegtreten."

Ich nehme die Hände hoch. Das Herz hämmert mir bis zum Hals. Was will dieser Kerl bloß von uns?
„Du auch, Bradowic!"
Kurz spüre ich Vlads raspelnden Atem an meiner Wange, dann wendet er mir den Rücken zu. Er stellt sich zwischen mich und den Mann mit dem Ziegenbart, die Hände auf Schulterhöhe.
„Hoch damit, los!" Die Pistole zittert in Ziegenbarts Händen. „Na los!"
„Das willst du nicht tun, Canelli." Vlad hält die Hände etwas höher.
Canelli? Wer ist der Typ? Ob er wohl irgendetwas mit der Italienerin zu tun hat? Ist er etwa ihr Mann? In was bin ich hier nur hineingeraten?
„Du kannst dir gar nicht vorstellen, was ich alles tun will, Bradowic."
„Jetzt sind wir draußen." Die Muskeln in Vlads Nacken sind zum Bersten gespannt. „Die Regeln haben sich geändert."
Draußen? Er kennt ihn aus dem Gefängnis! Meine Gedanken sind seltsam träge und mein Magen schrecklich flau. Die Mischung bringt meine Knie zum Zittern.

„Nichts hat sich geändert“, zischt Canelli.
„Ach ja?“, knurrt Vlad. „Siehst du eine Tür zwischen uns?“
„Versuch's, Bradowic.“ Herausfordernd zieht Canelli die Mundwinkel nach unten. „Mach mir die Freude. Was ich wissen will, hol' ich dann aus deiner Hure da 'raus.“
Die Beleidigung, so unvermittelt und nebenbei, schickt Krämpfe durch meinen flauen Magen.
Ein Zucken geht durch Vlads Schultergürtel, als er die Fäuste ballt.
„Du rührst sie nicht an“, knurrt er.
„Nicht, hm? Ich wusste ja, es lohnt sich, bei ihrem Haus zu warten. Aber dass ihr beide mich gleich direkt hierher führen würdet, hätt' ich mir nicht gedacht.“ Er schnalzt mit der Zunge und grinst. „Wenn du willst, dass sie so hübsch bleibt, erzählst du mir jetzt haargenau das, was Murko dir erzählt hat.“
„Und was dann?“ Vlad legt den Kopf schief. „Knallst du mich ab, damit du auch mal eine Zelle von innen siehst? Damit deine Kumpels dir ins Essen wichsen und meine Kumpels dich in den Arsch ficken, ja?“

Vlads harte Worte lassen mich zusammenfahren, aber langsam geht mir ein Licht auf.
Canelli muss ein Gefängniswärter sein!
Plötzlich fügen sich die Puzzleteile zusammen und die krampfhafte Übelkeit verwandelt sich in einen harten Stein in meinem Bauch.
Die Geschichte, die Vlad mir auf der Fahrt erzählt hat, von diesem Murko ... *er hat gesungen*, hat er gesagt. Was hat Vlad nur mit ihm angestellt, damit er ihm die Stelle zeigt? Damit er die Markierung auf die Wanderkarte zeichnet? *Zwischen der dicken Buche und dem Stumpf*. Es ist eine Schatzkarte. Die Karte zu Murkos zehn Millionen Euro!
Canelli muss das irgendwie mitbekommen haben und jetzt ...
Was, wenn Vlad nichts sagt?
Soll *ich* es Canelli erzählen?
Ich würde alles tun, um Mika wiederzusehen. Und kein Geld der Welt wiegt das Leben auf, egal wie viele Millionen Euro es sind.
Ich hole Luft, doch dann halte ich inne.
Wenn ich ihm sage, was er wissen will, was macht er dann mit uns?

„Sehr vorsichtig jetzt, Bradowic." Canelli verengt seine Augen zu Schlitzen, ein boshaftes Grinsen im spitzen Gesicht. „Dean wollte auch nicht reden. Du weißt, wo es ihn hingebracht hat."

„Ich dachte mir schon, dass du das warst." Vlad schüttelt verächtlich den Kopf. „Du hast ihm das Insulin weggenommen, du Ratte!"

Ich erinnere mich dunkel an den Bericht, den ich im Radio gehört habe, als ich Vlad zu der Italienerin gefolgt bin. Ein Häftling, ein Diabetiker, der ins Koma fiel und starb, weil er seine Medikamente nicht bekam. War das etwa Dean?

„Du hättest ihn sehen sollen, am Ende. Auf Knien hat er mich angebettelt um seine Spritzen." Canelli wiehert ein heiseres Lachen durch die Zähne. *„Meine Frau, meine Kinder"*, säuselt er durch sein hässliches Grinsen. „Hat gewinselt wie ein Hund, bevor er eingeschläfert wird."

Vlads Körper zittert vor Anspannung.

Es sieht aus, als wäre er kurz davor, Canelli anzufallen und mit seinen bloßen Händen zu zerreißen.

„Du bleibst schön, wo du bist, Bradowic." Canelli macht einen Schritt zur Seite, so rasch, dass ich zusammenzucke, und zielt direkt auf mich. Ein Schatten taucht hinter ihm auf. „Und du packst aus! Jetzt! Oder–“

Mit einem dumpf metallischen Knall kracht etwas auf Canellis Hinterkopf, er verdreht die Augen, seine Lider flattern und er bricht in die Knie.

Vlad wirft sich auf mich. Er schirmt mich mit seinem Körper ab, während er mich umreißt. Dann packt er seine Waffe, die neben uns am Boden liegt.

Als ich aufblicke, sehe ich eine Frau über Canelli stehen.

Es ist die Italienerin von der Pizzeria. Sie hält einen Spaten in Händen, das wunderschöne Gesicht zu einer hasserfüllten Grimasse verzerrt. „Das ist für Dean!“ Sie holt aus und rammt den Spaten in Canellis Kehle. „Verdammter Hurensohn!“

Sie spuckt dem zuckenden Canelli ins Gesicht, während sein Blut auf den Schotter quillt, glänzend schwarz im spärlichen Mondlicht.

Wie eine eisige Faust presst jedes Zucken meinen Magen zusammen.

Die finsteren Schatten des Waldes drehen sich um den bläulichsilbernen Parkplatz. Ich schaffe gerade noch, mich umzudrehen, als die Reste meines Mittagessens schon aus mir hervorschießen. Als saure, bröckelige Pfütze landen sie unter Vlads Auto.
Keuchend wische ich mir den Mund, während Vlad mich auf die Beine zieht.
„Du kommst spät", sagt er. Er steckt seine Waffe ein und klopft sich die Jacke ab.
„Ich war schon vor euch da." Die Italienerin streift eine lose Locke aus ihrem Gesicht, steigt über Canellis Leiche und kommt auf uns zu.
Atem- und sprachlos starre ich sie an.
Ich weiß nicht, ob ich mich fürchten, mich bedanken oder mich auf ihre Schuhe übergeben soll.
Ich muss meine Lippen zusammenpressen, um nicht alles gleichzeitig zu tun.
„Warum zur Hölle hast du dann so lange gebraucht?" Eine zornige Falte gräbt sich zwischen Vlads dunkle Brauen.
„Ich dachte, wenn ihr euch alle gegenseitig umbringt, muss ich nicht teilen." Sie grinst

schief, aber es erreicht ihre mandelförmigen Augen nicht.
Vlad zischt kopfschüttelnd durch seine Zähne. „Unfassbar! Vielen Dank auch, Maria.“ Er zieht sein Telefon aus der Tasche und tippt etwas. *„Ich* respektiere Deans letzten Wunsch, und *du* wartest, ob die Ratte uns auch noch erwischt.“
Er wirft ihr einen finsteren Blick zu.
„Ich musste hören, wie er es sagt. Kannst du das verstehen?“ Das Grinsen verschwindet von Marias vollen Lippen und ein trauriger Ausdruck legt sich über ihre wohlgeformten Züge. „Ich musste wissen, dass er es war.“ Tränen schimmern an ihren langen Wimpern. Ihr Blick fällt auf Canelli, seine leeren Augen starr zum Himmel gerichtet. „Dass er es war, der Dean ...“
Sie wendet sich ab und beißt sich auf die Unterlippe.
Vlad, die Zornesfalte auf seiner Stirn plötzlich wie weggewischt, legt eine Hand auf ihre Schulter.
„Er hätte nicht gewollt, dass du traurig bist.“ Er sieht aus, als wäre er kurz davor, sie zu umarmen, aber sie schüttelt den Kopf.

„Mach das nicht *schon* wieder", sagt sie. „Sonst heul' ich los. Umarm' lieber deine Frau da." Sie wischt sich die Augenwinkel und lächelt mich vorsichtig an. „Alles in Ordnung bei dir? Du siehst irgendwie ziemlich blass aus."

„Sie ist nicht meine Frau", sagt Vlad trocken.

Dann fährt er zu mir herum, und das misstrauische Funkeln in seinem Blick trifft mich wie ein Schlag ins Gesicht.

„Wieso zur Hölle wolltest du mich erschießen?", knurrt er.

„Ich *dich* erschießen?" Meine Stimme ist schrill vor Ungläubigkeit. „Ich dachte du wolltest *mich* erschießen."

„Wieso verdammt nochmal sollte ich das wollen?"

„Ich ... ich weiß nicht. Ich dachte, ich hab' doch damals gegen dich ausgesagt, ich dachte, du willst ..."

Unfähig, die Worte aufzuhalten, bleibt mir nichts anderes übrig, als sie aus meinem Mund sprudeln zu lassen.

„Ich dachte, du willst dich an mir rächen. Dabei hab' ich es doch nur getan, weil die Anwältin gesagt hat, es würde als Totschlag gelten, wenn

ich erkläre, wie genau es dazu gekommen ist, und wie das alles mit deinem Vater war."
Hilflos ziehe ich die Schultern an. „Woher sollte ich wissen, das es nicht funktionieren würde? Und wie hätte ich dir das erklären können? Hätte ich sagen sollen: Tut mir leid, Vlad, ich hab' eine dumme Entscheidung getroffen und damit dein Leben zerstört? Dich um deinen Sohn und Mika um seinen Vater gebracht? Wie kann man sich für so etwas *überhaupt* entschuldigen? Wie könntest du jemandem so etwas jemals verzeihen, egal was er sagt?"
Schniefend wische ich mir die Nase. Meine Finger sind eiskalt, obwohl die Sommerluft so warm ist. „Als du zu mir zurückgekommen bist, konnte ich es nicht fassen, und es hat mich erschreckt. Ich konnte dir nicht vertrauen, wie auch? Und dann bin ich dir gefolgt und hab' euch beide gesehen und da dachte ich, naja ... du weißt schon. Es wäre ja auch in Ordnung gewesen ... irgendwie ... immerhin hab' *ich* doch einen anderen geheiratet. Und das war ein Fehler, na klar, aber was hätte ich tun sollen? Du weißt nicht, wie das ist, mit einem Kind allein und ... und als du dann im Auto auch noch

gesagt hast, *Wir tun, was wir tun, und zahlen den Preis,* da dachte ich, du sagst mir, dass du *mich* bezahlen lassen willst, verstehst du? Also, zwischen den Zeilen eben."

„*Zwischen den Zeilen*?" Fassungslos starrt Vlad mich an, ein wildes Funkeln in den Augen. „*Zwischen den Zeilen*?! Was zur Hölle soll dort sein? Was ich sage, ist einfach so gemeint, wie ich es sage, verdammt nochmal!"

„Ich ... ähm ..." Ich blase die Backen auf. „Das war wohl ein Missverständnis."

„*Missverständnis*?", donnert er. „Du hast mich angefallen wie eine verdammte Furie!"

„Sie ist eine Frau, was erwartest du?", sagt Maria ruhig und kratzt mit dem Fingernagel an einem Blutfleck auf ihrer Hose. „Wir lesen immer irgendwas zwischen den Zeilen, egal, ob da was ist oder nicht. Ihr solltet eben nicht einfach drauf los reden, ohne an das zu denken."

Vlad bläht die Nasenflügel, hilflosen Zorn in den weit aufgerissenen Augen.

Er sieht von mir zu Maria und wieder zurück.

„Es ... tut mir leid", sage ich und spüre meine Schultern sinken.

„Welcher Teil?“, fragt er stur, seine Lippen eine dünne Linie.
„Alles“, sage ich, und meine es auch so.
Vlad kommt auf mich zu. Er seufzt tief, und für einen Augenblick verschwindet alle Härte aus seinem Gesicht. „Mir auch.“
Wir schließen uns in die Arme.
Ich atme auf, mein ganzer Körper plötzlich leicht und frei, und es fühlt sich an, als wäre es das erste Mal seit dreizehn Jahren. Wahrscheinlich ist es auch so.
„Ähm“, Maria räuspert sich, „ich störe ja nur ungern, aber vielleicht sollten wir beginnen, ein sehr tiefes Loch zu graben.“ Sie stößt Canellis Bein mit ihrer Schuhspitze an.
„Nein“, sagt Vlad. „Hier gehen viele Leute mit ihren Hunden spazieren. Ist nur eine Frage der Zeit, bis die ihn wieder ausbuddeln.“
„Was soll ich sonst mit ihm anfangen?“ Maria zieht die Brauen zusammen. „Ich mache Pizza, kein Gulasch.“
Ein bitterer Tropfen Galle kommt mir hoch, und ich ziehe eine angeekelte Grimasse.

„Ich hab' schon wen gerufen", sagt Vlad. „Einen Freund." Er nickt in Richtung Landstraße. „Der holt ihn ab."

Scheinwerfer tauchen am anderen Ende der schmalen Zufahrtsstraße auf. Sie gehören zu einem Kühlwagen. Die Lichthupe blitzt.

„Da ist er." Vlad holt eine Schaufel aus seinem Kofferraum und hält sie mir hin. „Geht schon mal vor zum See."

Als ich die Schaufel aus seiner Hand nehme, treffe ich seinen Blick.

Die Zuneigung darin ist wie ein Liebesgeständnis. Wie kann es nur sein, dass dieser Mann trotz allem, was passiert ist, dieses wohlig warme Gefühl in meine Brust zaubern kann? Sogar jetzt?

Ich sehe zu Maria, die sich gerade am Stiel ihres Spatens zu schaffen macht.

Meine Erleichterung ist absurd. Hier stehe ich mit zwei Mördern und einer Leiche im Finstern, und offenbar war meine größte Sorge, dass zwischen Vlad und Maria etwas laufen könnte.

In letzter Sekunde unterdrücke ich ein hysterisches Lachen und grinse stattdessen verhalten in mich hinein.

Vlad streicht über meinen Rücken. „Ich komm' gleich nach und helf' euch."
„Falls wir nicht schneller sind." Mit einem feuchten Schmatzen reißt Maria den Spaten aus Canellis offener Kehle und wischt das Blut an seinem Polohemd ab.
Schnell sehe ich weg. Ich habe schon genug Albträume.
„Keine Sorge." Die Italienerin grinst und zwinkert mir zu. „Wer in Rumänien groß wird, kann mit einem Spaten umgehen."
Ich schlucke die nächste Welle Übelkeit hinunter, blase die Backen auf und folge Maria auf dem schmalen Pfad zum Seeufer.
Doch keine Italienerin, so scheint's.
Ich bemühe mich, möglichst viel darüber nachzudenken, woher Maria kommt, und möglichst wenig darüber, wohin Vlads *Freund* Canelli bringt.
Sie sieht wirklich sehr wie eine Italienerin aus. Eine Pizzeria hat sie noch dazu. Und dann heißt sie auch noch Maria.
Aber nein. Rumänin, wer hätte sich das gedacht...

Noch bevor wir bei der markierten Stelle angekommen sind, holt Vlad uns ein, eine schwere Hacke in der Hand. Gemeinsam umrunden wir den See bis zum Nordufer.

Das Gehen beruhigt meinen Magen. Genüsslich sauge ich die Waldluft durch die Nasenflügel, atme all die Aufregung der letzten Stunden davon wie einen schlechten Traum.

Weit abseits des Seebads schlagen wir uns durch das dichte Gestrüpp den Hang hinauf.

„Zwischen der dicken Buche und dem Stumpf", murmelt Vlad vor sich hin wie ein Mantra, während wir durchs Unterholz steigen und ich fluche, weil meine leichte Leinenhose sich in den Brombeerranken verfängt. „Zwischen der dicken Buche und dem Stumpf."

Wir brauchen eine Weile, um die Buche im Licht unserer Taschenlampen zu finden.

Aber als wir dort ankommen, besteht kein Zweifel, dass es der richtige Baum ist.

Seine Rinde wirft Falten, so uralt ist er, und sein gewaltiger Stamm ist mindestens dreimal so breit wie Vlad.

Der richtige Baumstumpf ist schon schwieriger zu finden. Wir graben drei tiefe Löcher.

Eigentlich müssen wir sie mehr hacken, als sie zu graben, denn der Waldboden ist hart und durchzogen von unzähligen Wurzeln.
Es dämmert schon, als wir uns an das vierte Loch machen, aber nach nur einem halben Meter stoßen wir auf Metall.
Die Kiste ist rostzerfressen und verdammt schwer. Zu dritt hieven wir sie herauf.
Darin sind mehrere große Müllsäcke. Maria greift in einen davon und zieht ein dickes Bündel voll Hundert-Euro-Scheinen daraus hervor.
Wir lachen, ungläubig, ausgelassen.
Dann sieht Maria Vlad an, Zweifel in ihren dunklen Augen. Und Angst.
Ich kann mir sehr gut vorstellen, was sie denkt. Sie ist nicht die Erste, die Schwierigkeiten hat, einem Mann wie Vlad über den Weg zu trauen.
„Halbe-halbe“, sagt er. „Ich halt‘ mich an mein Wort. Für Dean.“
Sie atmet auf und nickt. „Für Dean.“
Als wir alles aufgeteilt und in die Autos verladen haben, wird es schon hell.
„Wisst ihr, was das ist?“ Maria setzt sich auf ihren Kofferraum und lächelt selig.

„Ein verdammt riesiger Haufen Geld?“, sagt Vlad und legt den Kopf schief.
„Das“, Maria klopft stolz auf den Kofferraum, „ist die Zukunft meiner Kinder. Deans Kinder.“ Sie wischt sich die Augenwinkel und seufzt. „Habt ihr Lust auf Pizza?“
„Klar, wieso nicht.“ Ich lächle und zucke mit den Schultern.
Vlad wirft mir einen überraschten Blick zu.
„Was?“ Ich ziehe eine Braue hoch. „Graben macht hungrig. Und es ist schon fast Zeit fürs Frühstück.“
„Hör auf deine Frau“, sagt Maria.
Vlad sagt nicht mehr, *sie ist nicht meine Frau*.
Er grinst nur.
Und ich grinse zurück.

Sonne am Horizont

„Papa! Papa, schau!“ Mika nimmt Anlauf und springt vom Steg ins Meer. Prustend taucht er auf und schwimmt an Land.

„Das war echt weit.“ Vlad nickt anerkennend und grinst. „Jetzt ich.“

Er haucht mir einen Kuss auf die Wange, springt auf die Beine und läuft los.

Ich drehe mich auf den Bauch und sehe ihm nach, lasse die Abendsonne auf meinen Rücken scheinen.

Kaum zu fassen, dass es erst zwei Monate her ist, seit wir vom Ruhnsee weggefahren sind, ein Vermögen im Kofferraum. In manchen Momenten fühlt es sich an, als wären die paar Wochen ganze Jahre gewesen. Vergangen sind sie trotzdem so schnell wie Minuten.

Vlad läuft den Steg entlang, ein Lächeln im stoppeligen Gesicht. Er sieht umwerfend aus in Badehosen. Mikas Augen leuchten vor Begeisterung, als Vlad mit vollem Tempo einen Kopfsprung ins Wasser macht.

„Komm auch rein“, ruft Vlad Mika zu und wischt sich das nasse Haar aus der Stirn. „Wir schwimmen noch eine letzte Runde.“

Das lässt Mika sich nicht zweimal sagen. Platschend landet auch er wieder im Wasser, und die beiden schwimmen die felsige Küste entlang. Sie haben mehr nachzuholen, als ein paar Wochen Urlaub jemals hergeben können.

Ich lege mein Kinn auf die Hände, wohlige Wärme in den Gliedern, und sehe zu, wie die letzten Sonnenstrahlen golden über die Wellen tanzen.

Wieder einmal erwische ich mich dabei, wie ich mir die Frage stelle: *Was wäre gewesen, wenn …*

Aber ich kann die Zeit nicht zurückdrehen. Alles, was ich tun kann, ist, die Erinnerung eben das sein zu lassen.

Eine Erinnerung.

Nicht vergessen, aber vergangen.

Egal, ob gut oder schlecht, die Dinge, die uns bekümmern, können uns nur festhalten, wenn wir an ihnen festhalten. Das ist mir jetzt klar.

Woran ich festhalte, bestimmt, welches Leben ich führe, ob ich mir ein Gefängnis baue oder ein Paradies.

Tief atme ich die salzig frische Luft ein, lasse mich von der lauwarmen Brise streicheln und schließe die Augen, Vlads und Mikas Lachen ein Lied über dem Rauschen des Ozeans.
Die Stunden verfliegen beim Abendessen, beim Kartenspiel im Ferienhaus. Es ist schon nach Mitternacht, als Mika endlich einschläft. Ich schleiche in sein Zimmer und streiche ihm übers Haar. Er seufzt und dreht sich zur Seite, ein seliges kleines Lächeln auf den Lippen. Für ihn ist jeder Tag mit Vlad blanke Aufregung, pure Freude.
Auch ich freue mich. Es ist wie ein Licht, das ich mit mir herumtrage, jeden Tag, jede Stunde, jede Minute.
Ich hoffe, dass es so bleibt. Für ihn. Für mich. Für uns.
„Er hat lange durchgehalten“, flüstert Vlad in mein Ohr.
Wie schafft er es nur immer, mir so nahe zu kommen, ohne dass ich ihn bemerke?
„Du hast ihm sehr gefehlt“, sage ich, den Druck von Tränen in der Kehle. Aber ich weine sie nicht. Das habe ich schon zu oft getan.

„Er ist ein toller Junge." Sanft legt Vlad einen Arm um mich. „Und er hat die beste Mutter." Er gibt mir einen Kuss auf die Stirn.
Leise ziehen wir die Tür hinter uns zu und lassen uns nebeneinander aufs Sofa fallen. Das Fenster ist offen, die Zikaden zirpen, und der Geruch von harzigen Pinien und würzigen Kräutern strömt zum Fenster herein. In der Ferne funkeln die Lichter des kleinen kroatischen Hafenstädtchens.
„Es ist wunderschön hier", sage ich.
Vlad nickt langsam. „Dean hat mir oft davon erzählt. Ich glaube, im Kopf war er immer ein wenig hier. Am Meer, unter den Pinien." Er lehnt sich zurück und verschränkt nachdenklich die Hände hinter dem Kopf. „Bist du sicher, dass du es willst?"
„Was?"
„Die Scheidung." Seine Augen durchsuchen mein Gesicht. „Manchmal war ich mir nicht so sicher ... ob du weißt, was du willst."
„Damit warst du nicht allein." Ich lächle, müde, aber sehr glücklich. „Dafür weiß ich es jetzt." Ich nehme seine Hand in meine, verfolge mit der Fingerkuppe jede Linie darauf. „Ich hab' mit der

Kanzlei telefoniert. Gestern. Sie schicken Henrik die Papiere. Und die Fotos."

Vlad mustert mich aufmerksam.

„Was–" Ich beiße mir auf die Lippe. Noch ist es nicht zu spät, eine andere Frage zu stellen. Ich straffe meine Schultern und hole entschlossen Luft. „Was ist mit ihm passiert? Mit Murko?"

„Um ihn brauchst du dir keine Sorgen zu machen." Vlad sagt es so trocken und bestimmt, dass ein eisiger Hauch meinen Nacken hochkrabbelt. „Er wird sein Geld nicht mehr suchen."

„Was habt ihr mit ihm gemacht? Du und Dean? Ist er–"

„Willst du es wirklich wissen?"

Die Stille ist ein statisches Knistern im Raum.

Ich zähle meine Atemzüge. Wenn ich bei Zehn ankomme, muss ich etwas sagen ... oder es bleiben lassen.

Eins, zwei, drei, vier, fünf–

„Lass uns duschen gehen", sage ich und ziehe Vlad an der Hand hinter mir her.

Er lächelt breit, ein leuchtendes Funkeln in den blassgrünen Augen.

Die Kabine ist groß, mit zwei Duschköpfen und einer weitläufigen Glaswand.

Ich steige aus meinem Kleid, streife den Bikini ab und stelle mich unter das herrlich heiße Nass. Vlads nackte Füße tauchen lautlos auf den Fliesen hinter mir auf. Selbst unter dem warmen Wasserstrahl spüre ich die Hitze, die von ihm ausgeht. Sie rollt auf mich zu wie eine prickelnde Welle pures Gefühl.
Ich drehe mich um und beginne, ihn zu küssen. Seine stoppelige Wange, seinen Hals, seine breite Schulter, seinen muskulösen Oberkörper. Bis zum Nabel küsse ich ihn, gehe langsam in die Knie und wandere mit meinen Lippen weiter, seitlich an seiner prallen Erektion vorbei, zur Innenseite seines Oberschenkels. Er stöhnt und stützt sich mit der Hand an der verfliesten Mauer ab. Mit der Zungenspitze fahre ich langsam vom Ansatz seines Oberschenkels zum adernüberzogenen Schaft und zurück, streichle seinen Hoden sanft mit den Fingern, während ich mit dem Mund Stück für Stück bis zu seiner Eichel wandere.
Genüsslich ziehe ich mit der Zunge einen Kreis um seine Penisspitze, schmecke den salzigen Tropfen Erregung, als ich ihn ganz in den Mund

nehme und bis zu meinem Gaumen rutschen lasse.
Vlad haucht ein Keuchen in den Dampf der Duschkabine.
Ich lasse einen meiner Finger zwischen seine Hinterbacken wandern. Er packt mein Handgelenk und schiebt ihn weg.
„Nein, nein, nein“, sagt er. „Das lässt du mal schön bleiben.“
„Bist du sicher?“ Ich grinse, knete seinen Hoden und spiele mit der Zunge weiter an seiner Eichel, bringe ihn noch ein wenig zum Stöhnen. „Ich habe gehört, eine Prostatamassage kann sehr erregend sein. Und da dachte ich–“
„Du denkst zuviel“, sagt er, gräbt seine Hand in mein Haar und schiebt sein bestes Stück zurück in meinen Mund.
Dann zieht er mich auf die Beine, hebt mich hoch und trägt mich in die Küche.
Mit einem schelmischen Grinsen legt er mich auf den Tisch. Er lässt seinen hungrigen Blick von oben bis unten über meinen Körper wandern, und wieder zurück.
Bald folgen seine Hände seinen Augen, streicheln mich, kneten mich, drücken mich, sind

überall auf mir, in mir, bis ich vergesse, wo oben und unten, wo vorne und hinten ist.
Mit seinen Beinen zwingt er meine Schenkel auseinander und beugt sich über mich. Hart und heiß spüre ich seine Erektion auf meinem Venushügel.
Wie in Zeitlupe lässt er seine Eichel bis über meine Perle rutschen, beobachtet jede Regung in meinem Gesicht, während er meine feuchten Lippen teilt. Ich wölbe ihm mein Becken entgegen, und er schiebt sich ein Stückchen in mich hinein, schickt heißkalte Schauer von meinen Schenkeln bis zu meinen Haarwurzeln und lockt ein verhaltenes Stöhnen aus meinem Mund.
Sofort verschwindet er aus mir.
Wieder und wieder taucht er nur mit der Spitze in mich ein, um sich dann plötzlich zurückzuziehen. Gibt mir das, was ich gerade so sehr brauche, nur um es mir wieder wegzunehmen.
Frustriert grabe ich meine Fingernägel in seine Schulterblätter, aber er gibt nicht nach.
Die pochende Lust zwischen meinen Beinen schwillt an zu einem süßen, ziehenden Schmerz.
„Bitte, Vlad“, stöhne ich. „Bitte.“
„Bitte was?“, fragt er unschuldig.

„Bitte“, erschauernd hole ich Luft. „Tiefer.“
Seine Lippen verschließen meinen Mund. Seine Zunge windet sich um meine, und ich biege den Rücken durch, während er langsam, sehr langsam tiefer und tiefer in mich rutscht.
Er löst seinen Mund von meinem und richtet sich auf. Dann packt er meine Hinterbacken, zieht sie mit einem Ruck auseinander und dringt bis zum Ansatz in mich ein.
Stöhnend ziehe ich mich an ihm hoch, umschlinge ihn mit meinen Armen und Beinen, während er aus mir herausgleitet und wieder tief in mich vorstößt. Er schlägt seine Zähne in meinen Hals. Ich spüre, wie sie dort ihren Abdruck hinterlassen, und es ist mir egal.
Ich presse mich an ihn, drücke ihn in mich. Schneller und schneller wird unser Rhythmus. Mit jeder Bewegung schmelze ich mehr und mehr auf ihm, um ihn. Ich weiß nicht, ob er unter meine Haut sickert, oder ich unter seine.
Es spielt keine Rolle.
Alles zerfällt in prickelnde Wellen, stößt sich ab, zieht sich an, zersetzt sich und findet sich wieder. Die Welt geht unter und beginnt neu,

bringt meinen Atem zum Stocken, dann zum Rasen.
Mein Orgasmus bricht aus mir hervor, strömt als heiß pulsierende Flut über meine Schenkel. Mein Innerstes umschließt Vlad, bringt ihn pochend und stöhnend zum Höhepunkt.
„Lea", seufzt er und sinkt in meine Arme.
Wenig später liegen wir eng umschlungen im großen Doppelbett, mein Kopf auf Vlads Brust, und sein Herzschlag in meinen Ohren.
„Was willst du jetzt machen?", frage ich, während ich mit meiner Fingerspitze Kreise um seine Brustwarze male. „Wenn wir zurückfahren?"
Vlad holt tief Luft und bläst die Backen auf. „Mein Bewährungshelfer meint, Hausmeister wäre ein guter Job für mich."
Ich ziehe eine Braue hoch.
„Und mein Anwalt meint, Erbe zu sein, wäre besser. Er könnte eine weit entfernte, frisch verstorbene Tante für mich auftreiben, sagt er."
„Geldwäsche?"
Er klickt mit der Zunge und lächelt schief. „Ein sehr brutales Wort."

„Das mit der Tante klingt irgendwie unglaubwürdig, findest du nicht?"
„Das hab' ich auch gesagt." Vlad zuckt mit den Schultern. „Der Rechtsverdreher hat gemeint, ihm fällt schon noch was ein."
„Diese Rechtsverdreher, hm?" Ich denke an Henrik und bin wieder einmal unendlich dankbar und froh, nicht mehr jeden Tag mit ihm streiten zu müssen. „Und dann?"
„Dann heiratest du mich."
Ich setze mich auf. Mir bleibt der Mund offen stehen.
„Ähm", sage ich schließlich, „hattest du auch vor, mich zu fragen, ob ich das *will*?"
„Hattest du vor, *nein* zu sagen?"
Lachend schüttle ich den Kopf.
„Na dann." Er nimmt meine Hand und streift einen Ring auf meinen Finger.
Er ist vom Strandkiosk. Silbern lackiertes Messing mit einer weißen Plastikperle.
Vlad grinst. „Meine Tante kauft dir noch einen Besseren."
Ich grinse zurück, prickelnde Aufregung im Bauch.
Endlich fühle ich mich ... zuhause.

Und irgendwie ziemlich verrückt.
Aber ist sie nicht immer zumindest ein bisschen verrückt?
Die Liebe?

Liebe Leserin, lieber Leser,

für meinen Newsletter
kannst Du Dich unter
http://eepurl.com/hlpesr
anmelden.
Als Willkommensgeschenk
gibt es ein
knisternd heißes Bonuskapitel ;-)

Ich hoffe,
Dein Schatten auf meiner Haut
hat Dir gefallen,
und freue mich sehr,
falls Du die Zeit findest,
meinen ersten Kurzroman auf
amazon.de zu bewerten :-)

Vielen Dank

UND HOFFENTLICH

BIS BALD!

Mein besonderer Dank

gilt

Jules von juleszbuecherwelt.jimdofree.com

und

Nora Heck von erotik-geschichten.org

Eure Unterstützung
beim Lektorat
hat die Geschichte
um Welten verbessert!